Shū & Taiga

「僕らがもう大人だとしても」

「いつの間にかすっかり聞き分けのいい子になっちゃって、
約束したこと破ったりあんまりしなくなった。きいてもら
えないのは煙草くらいかな」
「約束してへんもん。禁煙」
首を竦めて口を尖らせた勇太が、不意に小さな少年に戻っ
たように見えて、秀は愛しさにそっと目を伏せて笑んだ。
（本文P.100より）

Chara

僕らがもう大人だとしても

毎日晴天！7

菅野 彰

キャラ文庫

この作品はフィクションです。
実在の人物・団体・事件などにはいっさい関係ありません。

目次

僕らがもう大人だとしても

口絵・本文イラスト／二宮悦巳

家々の庭先の凌霄花《のうぜんかずら》が橙《だいだい》の花を往来に落とす本格的な夏が来て、下町とはいえアスファルトが多いはずの竜頭町《りゅうずちょう》でも蝉《せみ》の声を聞く眩《まぶ》しい朝を迎える。だるく、暑く、やる気の出ない夏休み前だ。

相変わらず扇風機しかない帯刀《おびなた》家の居間は日本家屋の構造上多少涼しくあるべきところなのだが、温暖化には勝てる訳もなく誰もが寝苦しさにむくんだ顔を擦っている。

「汗……出て来た。顔洗ったばっかりなのに」

いつも割りときちんとしているはずの次男の明信《あきのぶ》は暑さにだけは弱く、霞《かす》む眼鏡を何度も掛け直して昨日のうちに終わらなかったゼミのレジュメを読みながらちゃぶ台にかじりついていた。

「オレなんか起きた時から全身汗だくだっつうの」

いつでも思いのままにだらしない三男の丈《じょう》は、縁側にヘビー級ボクサーのでかい図体を横たわらせて家族の体感温度をおかまいなしに上げている。

「ああもう、黙っててよ。今日小テストあるんだから！」

単語帳を捲《めく》りながらもっともうるさい高い声を上げたのは、大学受験を控えてそれなりに頑張っている末弟の真弓《まゆみ》だ。きっちり絞める癖の抜けない制服の白いシャツも、今日ばかりは上から二つボタンが外れている。

「そろそろ行かんと間に合わへんのとちゃうの」

単語帳を捲る時間稼ぎに自転車の後ろに乗っけて行ってやろうと、バイトで夜遅かったにも拘《かかわ》らず今日は真弓に合わせて早起きをした勇太《ゆうた》が、寝ぼけたまま真弓の腹を抱き寄せた。

「暑いよ勇太！　やめてよ朝から……ああもうこれで三つは忘れたよ、三つっ!!」

「朝触らんかったらいつ触るん!?　だいたい単語三つ忘れたぐらいで騒ぐようなやつが大学受かるか。やめてまえそんなん！」

思うようにテスト準備が進まず苛々《いらいら》していた真弓が、肌を寄せられた暑さにカッとなって小さな歯を剝《む》く。朝っぱらからそんな痴話喧嘩《げんか》で家族をうんざりさせる二人は恋人同士で、勇太は台所で家族のために朝餉《あさげ》の支度に励んでいる阿蘇芳秀《あすおうしゅう》の養子だった。

「三つくらいってゆった!?　今！　それが受験生に対する気遣いなワケ!?」

「せやから一時間もはよ起きて乗っけてったるいうて、このクソ暑いのに起きたったんやろが！」

「よしなさい、二人とも」

大きな盆に、納豆、鯵《あじ》、卵焼きを載せた秀が、ますます室内の温度を上げるだけの喧嘩を止めながら畳に膝《ひざ》をつく。一年と三百四十五日前に、ただ今失踪《しっそう》中の長女、志麻《しま》の婿としてこの家を訪れたSF作家の秀は、すっかり主婦と化していて似合わない割烹着《かっぽうぎ》も綻《ほころ》び始める有り様だった。

「もう……こないだまで一生喧嘩しないんじゃないかってくらい仲良かったのに」

仏壇を背に明信と丈、縁側を背に勇太と真弓のご飯と味噌《みそ》汁を置いて、溜息《ためいき》をつきながら秀が苦笑する。

ついこの間、勇太と真弓は随分長い仲たがいをした末、梅雨の終わりに勇太が三日家を空けた。養い親の秀も随分気を揉《も》んだが勇太は真弓が連れ戻して、帰って来てからの二人は少し大人になってそれこそ二度と喧嘩などしないかのように家人には見えたのだが。

「そういつまでもあないにしてられるか」

そのことに触れられてふいと、気まずく勇太が横を向く。

「もうすっかり……元通り？」

少し複雑に響く、まだ問いを含んだ声で秀が勇太と真弓に聞いた。勇太が様子を変えていた理由を、秀はまだ聞かされていない。

横を向いている勇太の代わりに、頷《うなず》くように真弓が笑った。

そうなるともう何も問い詰めようがなくて、いつもここで、秀は溜息をつく他ない。

「もう食べてい？」

「うん。あ、でもね今日」

「いただきます!!」

「いただきますっ！」

「い……」

朝からちゃんと腹が減る四人の青年は、秀の説明を最後まで聞かずに景気よく箸《はし》を動かし始めた。

「あの、昨日買い物できなくて。有り合わせのものしかないから、鰺も納豆も人数分なくて。だから」

それぞれ好きなものを譲り合って食べてくれなどと言う間もなく、それぞれが好きなもので食事を半分終えている。眠い目を擦りながらも秀の話を聞いていた明信だけが、余り物を見定めて最後に鰺を取った。

「……ごめんなさい秀さん。秀さん今忙しいんだよね、なのに僕全然手伝わなくて。今日帰りに買い物して来る」

「何言ってんの。明ちゃんだってなんか切羽詰まってることあるんでしょ？」

「帰りに買い物するぐらい大丈夫……気がつかなくてホントにごめん」

いつもなら秀の締め切り中は気を配ってあれこれ手を出す明信なのだが、商店街の花屋で勇太の代わりに本格的にバイトを始めたこともあって、今回はうっかりしてしまったのだ。

「お買い物なら真弓もするよ。学校の帰りに」

「ちゅうか今一番ヒマなん丈なんちゃうか。働けや」

「んあ？」

いきなり向かいから足を蹴《け》られて、既に二杯目の膳《ぜん》を上げようとしていた丈が声だけ返す。

「いいんだよ。息抜きみたいなもんなんだから、みんな気を遣わないでよ」

「息抜きにしちゃちょっと手間かけ過ぎなんじゃないの、秀。ありがたいけど」

丁寧に巻かれた出し巻卵焼きの最後の一個を摘まんで、ありがたく真弓は口に放り込んだ。

「その通りだ」

間が悪く、時報の進みとともに不快指数は上がるばかりのその居間に、眠気と暑さから来る苛々をもっとも強く発する長男、出版社勤務の大河《たいが》が現れる。いつものように股間《こかん》を掻《か》きながら不精髭《ぶしょうひげ》を曝《さら》す家長に、家族たちは一層暑さが増した気がしてげんなりと溜息をついた。

「おはよう。遅かったね、大河」

「……書かないおまえを空しく見張ってたからな、寝坊だ」

のほほんと朝の挨拶《あいさつ》をした秀に、不機嫌のオーラを倍にして大河が上座に胡座《あぐら》をかく。

弟たちは八つ当たりを食らわないように皆身を竦《すく》めたが、縁側の老犬バースだけは健気に飼い犬の務めを果たして全身で大河に挨拶をした。

「なのになんでおまえは起きて朝飯の支度なんかしてんだよ」

「だって、何時に寝たって決まった時間に目が覚めるし」

「何処《どこ》の年寄りだおまえは」

　これが弟たちなら「だってって言うな」と一言小言をいれるところだが、長年愚鈍な作家であるところの秀の担当編集をしている身としては他に言いたい小言が山積みになっていて、何から言ったものかわからず大河が伸び放題の髪を掻き毟《むし》る。

「散髪行けよ兄貴……」

　いつも短くしていないと気が済まないたちの丈が、兄のむさ苦しさを見かねて似合わないことを言った。

「るせえ、んなヒマあるかよ」

「大河、ええと」

　あっと言う間にきれいに片付いてしまった飯台を眺めて、想像を超える青年たちの食欲に秀が、大河の苛立ちとは無関係に溜息をつく。

「ごめん。出し巻卵しかないんだ」

「出し巻？」

　ほとんど食事に口を出すということのない大河が、珍しくも秀の投げかけを問い返した。

「わり、納豆オレ二個食った」

「鰺の干物、もしかしてさっき真弓食べたの最後だったの？　ごめん」

　高速で飯台の上のものを消失させた丈と真弓が、もう返せないと首を振って大河に謝る。

「別になんでもいいけどよ……」

「僕、秀さんが忙しいの気がつかなくて。ごめん、今日買い物して来るから」

気がついて控えめに食しながらも甲斐《かい》なく終わった明信が、自分の責任だとばかりにさらに頭を下げた。

「まったくだ」

「僕の原稿遅れてるからって、明ちゃんに当たらないでよ」

「遅れてるってな……おまえ」

どんだけ遅れてると思ってるんだという続きを聞かずに、新たな出し巻を焼きに秀がお勝手に向かう。

「緊急避難警報発令」

小さく言って茶を飲み干し、真弓は単語帳を畳んで学生鞄《かばん》を引き寄せた。

「だけど秀さんだけにしたらかわいそうだよ。まゆたん」

締め切り中に限って毎朝毎晩いがみ合う大河と秀の、朝の一番が始まることを悟って皆退去の準備を刻々と進める。

「なら明ちゃんがここでお茶飲んで仲裁しなよ。出掛ける準備してないでさ」

「……急いでるの、お兄ちゃんも」

「丈は暇なんやろ。ゆっくりしとけや」

「ちょっ、ちょっと待てよ。待てってみんな、汚ねえぞ」

「グダグダ言ってねえで、さっさと行け。暑苦しんだよ、おまえら」

ゴソゴソと揉める弟たちと勇太を、加減もなく一瞥《いちべつ》して大河が湯飲みを握り潰《つぶ》さんばかりの勢いで摑《つか》んだ。

「秀が殺されませんように」

「そう思うんならもうちょっとおったったらどうや」

十四年前に鬼籍の人となった両親の仏壇に手を合わせた真弓の後ろ頭を軽くこづきながら、さすがに養父の命が不安になって勇太が支度の手を止める。

「なんか今回は、遅れ方がいつもより酷《ひど》いみたいだよ……秀さんにあんまりやる気が見られない、という事実が必要以上に大河を苛つかせていることは明白で、皆まで口にする気にはなれず明信も立ち去りたい足をなんとか押し止どめた。

「いつもよりって、あれ以上どうやって遅れんだよ。いつもだってお寺に飾ってある地獄絵図みたいになんじゃねえかよ」

でかい図体を震わせて、丈がちらと二人を振り返る。

「先にお味噌汁とご飯。梅干しと漬物で始めてて」

丁寧によそわれた椀《わん》が置かれるのを眺めて、深い溜息を大河は吐いた。

「何も息抜きすんなっつってる訳じゃねえんだぞ、秀」

いつものように頭ごなしに書けとは言わず、後ろ首を揉みながら大河が煙草《たばこ》に手を伸ばす。

「朝ご飯食べる前に煙草、体に良くないよ」

ぱっとそれを取り上げて、秀はバタバタと火の側に戻って行った。

苛々を吐き出すための煙草を取り上げられて、大河の眉間《みけん》の皺《しわ》が深くなる。それでも激高するまいと大河が熱い息を吐き出すのを、家人はただはらはらと見送った。

「海苔《のり》も、あるから」

「なあ、いつもならこの日付じゃ朝飯どこじゃねえだろ。秀」

新しく炙《あぶ》った海苔を割って戻って来た秀に、あくまで諭すように大河が続ける。

「朝ご飯食べたらやるから。お昼までに十枚くらい書いてファックスするよ」

「おまえと仕事始めて丸四年。ただの一度もおまえが言った時間におまえの言った枚数が届いたことはない。この際だから聞かせてくれ」

出し巻卵の側に急いで戻ろうとした秀の手をぐっと摑んで、大河は疲れの溜《た》まった顔を上げた。

「なんでおまえは平気な顔で嘘《うそ》をつくんだ」

「嘘なんか一度もついたことないよ」

しらっとして言った秀にはさすがに公聴人たちも呆《あき》れて目を瞠《みは》る。

「……一体何から正してやったらいいんだよ……」

「だって、言ったときは嘘のつもりじゃなかったんだよ。本当になるはずの、仮定法未来っていうか。ちゃんとやるつもりで。放してよ、焦げちゃうってば」

それも嘘や言い逃れのつもりではないらしくのうのうと言ってのけて、ついでに大河の手を振り払うと秀は小走りで台所に行った。

「あーあ、きれいに作れなかった。もう」

出し巻卵作りにいつも命を懸けている秀の、それが今もっとも自分にとって大きな不満だと言わんばかりの声がお勝手から居間にも届く。

「……庇《かば》いようがないね、これはもう。真弓は秀よりテストを取りたい」

肩を竦めた真弓とともに皆が席を立とうとするのに、縁側のバースがリードが切れるなら旅立ちたいとばかりに悲しい声を聞かせた。

「はい、卵焼き」

慌ただしくまた戻って秀が差し出した皿の底を、古式床しい表現でいうところの堪忍袋の緒が切れた大河が飯台に叩《たた》きつける。

「おまえ、どうしちまったんだ。思うように進まねえなら進まねえでいつまでも逃げてねえで、何が駄目なのかちゃんと俺に」

「何も駄目じゃないし、逃げてないよ。ちゃんとやるってば」

「だから……っ」

それが信用できたら苦労するかという怒声をなんとか飲み込む代わりに醤油《しょうゆ》差しを鷲摑《わしづか》みに

して、大河はいつでも真弓のために必要以上に甘い出し巻卵を心のままに醤油で浸した。

「ちょっとっ、そんなに醤油かけたら体に悪いよ！　生活習慣病になるって！」

「るっせーな！　俺は甘い卵焼きと田麩《でんぶ》だけは死ぬほど嫌いなんだよ!!」

慌てて止めようとした秀に、担当編集の座から降りて大河が怒りを爆発させる。

「え……？」

出し巻卵が甘いのも醤油を止められたこともいつもなら本当にどうでもいいことだったが、締め切り前の秀に言ってはならないことを大河なりに控えた結果、他にぶつけられることもなかった——などということではなくただの癇癪《かんしゃく》である。

「だっていつも、食べてるじゃない。みんなと一緒に。僕ここに来てから出し巻は甘いのしか焼いたことないよ」

「……いつもおいしいよー」

出し巻が甘いのは主に自分のせいなので、なけなしの援護の声を真弓は挟んだ。

「嫌いなもの食えねえほどガキじゃねえんだ。こっちは」

「でも死ぬほど嫌いなんでしょう？」

何故だか、問い詰める秀の声が必要以上に深刻さを増している。

「甘いもんは嫌いだ」

「だってほとんど毎朝、毎朝焼いてたのに……死ぬほど嫌いなものを君は」

「いや……だから醤油かけて食ってたし。いつもは他にも食うものがあったから、目玉焼きの日だっていり卵の日だって。な、なあ？」

にじり寄って来た秀の気迫に押されて、自分が言ってはならない失言を吐いたことにようやく大河は気づいたが、いまさら助けを求められても家族ももう手の差し伸べようがない。

「いり卵だって僕は時々甘くしてた。それも醤油びたしにしてたって訳？　なんで言ってくれなかったの？」

「そんな大人げねえこと言えるかよ。別にちょっと卵焼きが甘いことぐらいたいしたことじゃ……」

「たいしたことじゃないのに言わないで、ずっと我慢してたの？　二年間ずっと⁉」

ほとんど涙声と言ってもいい声を上げて、秀は大河の膝を掴んで唇を噛《か》んだ。

「……ええと」

「そんなのってないよ……っ」

どんなに噛み締めても堪《こら》え切れないと、大河の膝を突き放すように秀が立ち上がる。

「おい、ちょっと待てって！」

何処に出すのも恥ずかしい割烹着姿のまま闇雲に部屋を飛び出した秀を、慌てふためいて大河は追った。

「俺が悪かった……悪かったって！　……イテッ!!」

る。

縺《もつ》れる足で玄関に転がり落ちる音とともに、情けない大河の謝罪が往来にも居間にも響き渡
「オレホントに参る、秀の締め切り前。どんどん酷くなってんじゃねえかよ」

疲れ果てて丈が、そのまま畳に倒れ臥《ふ》した。

「もう捨てようかな、今日の小テスト。全部吹っ飛んだよ、出し巻卵のとこで」

「そないなこと言わんと頑張れや」

「そうだよまゆたん……と言いつつ僕もさっき読み込んだとこがみんな消去された気分」

飯台の上を片付けながら、明信が小さく息を吐く。

まだ続いている往来の口論に耳を伏せながら、バースはきゅーんと悲しい声を上げた。

高校時代の同級生で担当編集と作家という間柄でなおかつ同居している大河と秀は、もうかれこれ十年の付き合いだが恋人としては二年目の、痴話喧嘩ばかりで特に進展もないはた迷惑なカップルだった。

締め切り前の癇癪だろうと人々に思わせた秀《しゅう》の怒りとも言い切れない嘆きはもちろん原稿アップまでどんよりと続いたが、その後も締め切り前のストレスとは無関係に続行していた。誰が宥《なだ》めても賺《すか》しても秀の機嫌は直らず、かれこれ五日になるが大河《たいが》と秀はほとんど口もきいていない。

「思うに」

粗末な我が家の門扉の前にしゃがみ込んで、膝に両肘《りょうひじ》をついて頬杖《ほおづえ》をつきながら、ぼんやりと明信《あきのぶ》は口を開いた。

「あれって絶対言っちゃいけないことだったんじゃないのかな。最初の、せめて三カ月ぐらいの間に言わないいんだったら」

門扉の前ということはつまりは往来ということなのだが、人通りはたまにあっても車はほとんど通らない細い住宅路地だ。

「卵焼き甘くすんなって?」

バミューダパンツの汚れるのにもかまわず丈《じょう》は明信の隣に胡座をかいて、煙草を噛んで眩しい朝の空を見上げている。明信の台詞《せりふ》をとても真に受ける気にはなれないと、片眉《かたまゆ》を上げて。

「秀の出し巻卵への情熱がパンドラの箱だったたってこと?」

上がり石に座り込んで隣の勇太《ゆうた》の背を座椅子がわりにしながら、単語帳を捲りつつも真弓《まゆみ》が話に参加する。

「ますますワケわかんねえ……」

「そういうんとはちゃうんやないの？」

「んじゃおまえはどういうんだかわかってんのか。先生がなんで臍《へそ》曲げちまったのかが」

禁煙パイポを噛み締めている勇太に、唯一部外者と言える商店街の花屋店主の龍《りゅう》が、明信の隣から投げやりに聞いた。

「知るかあほらし。卵焼きが甘いことぐらいなんやっちゅうねん。おまえらな、秀の作るメシうまいっちゅうて食えるんははっきり言うて俺のお陰やで」

「なんで。昔は下手だったの？」

恋人の尊大な言葉に呆れながら、興味で真弓が顔を上げる。

「まあ、上手いか下手かいうたら上手かったんやろけど。めっちゃ味が薄かってん。あいつ年寄りとずっと暮らしとったからな」

「それをどうやってあの、ちょっと薄い、程度にまで塩分上げたの？」

若いので実はもうちょっと濃くてもいいと思っている真弓が、もっと薄かったのかと目を丸くした。同じく目を丸くしている丈は運動をしていることもあって、実は大河と同じく時折こっそり塩や醤油を秀の料理に足している。

「最初は喧嘩ばっかししとったし。口喧嘩の弾みにな、こんな味の薄いメシ食えるかーいうて」

「大河兄と一緒じゃない、そんなの」

それを自分のお陰と言うかと呆れて、真弓は勇太を肘で弾いた。

「そんで？　そんときも先生、臍曲げちまったのか」

「……いや」

なら、とためになる問いを投げて寄越した龍に、頭を掻いて勇太が声のトーンを落とす。

「あいつ、謝るばっかりやってん。俺と暮らし始めた頃」

小さく息を吐きながら苦笑して、勇太は髪を耳にかけた。

「喧嘩いうのは嘘や。俺が無茶して、癇癪起こしてはあいつのこと泣かせとったな。いつも。あいつが謝るとまた腹立てて」

今は随分遠く思える、ほとんど何を考えているのかわからなかった秀を勇太は思い返して、ふと、驚くほど鮮明にその彼が手元に返るのに気づく。今、深い根のような負い目を自分が秀にもっているせいだろうかと、西で出会ったばかりの彼の姿を勇太は打ち消した。

「……そういえば最初秀って、そういう人だったよね」

ぼんやりと勇太のそんな気持ちを察しながら背に触れて、真弓が曖昧《あいまい》に頷く。

「最近よく兄貴とも喧嘩してるみたいだけど、進歩だよな。よく考えたら。あの二人の喧嘩迷惑だけどさ……」

「……そうだね」

やはり出会ったころを思い返すようにしてしみじみと呟《つぶや》いた丈に、感慨深げに明信も同意した。

「お花見のときもすごい喧嘩してた、そういえば」

喧嘩の話なのに明るい話題を提供するかのような声で、不意に思い出して明信が口を開く。

「何それ」

「気ぃつかんかったな。秀と大河がか？」

桜の盛りのころは丁度自分たちも揉めに揉めていたところだったので、まるで知らなかったと真弓と勇太が問い返した。

「お花見行く約束してて、秀さん。大河兄と。でも大河兄忙しかったらしくて毎日遅くて。秀さん毎日桜今日は何分咲きかなって、見に行ってたのにとうとう散り始めちゃって。もういい、とか拗《す》ねちゃって大変だったよ」

「秀……かわいそ過ぎ」

絆《ほだ》されてほろりと、真弓が同情の声を上げる。

「しゃあないやろ、大河かて仕事持っとる身なんやから」

いやそれは秀の我《わ》が儘《まま》だと、勇太は大河に一票を投じた。

「あれは所謂《いわゆる》一つの価値観の相違ってやつだったんだろうなあ」

「明ちゃんなんでそんなになんでも難しくしちゃうんだよ」

「二人の間でお花見への執着がすれ違ってたんだよ。秀さんはすごく楽しみにしてたんだけど、大河兄は桜なんか元々どうでもいいって感じで。半端に聞いてたんじゃないのかな、秀さん毎日桜の話してたのに」

その成り行きを一人はらはらと見守り、兄に何度も忠告したが聞く耳を持ってもらえなかった明信が、我関せずの弟たちをじとっと見ながら話して聞かせる。

「じゃあ今回も出し巻卵への価値観の相違なの？」

「どうかな……僕にはなんとも。出し巻卵が甘いかしょっぱいかっていうのは、二人にとって同じくらい重い問題だから拗《こじ》れたのかもしれないし」

「ワケわかんない……」

問いの答えを聞きながら、言いにくいことを溜めるということがほとんどない真弓は、眉根を寄せて首を振った。

「僕だったら」

そんな健やかな弟のやわらかい髪を撫《な》でて、明信が小さな苦笑を漏らす。

「例えばまゆたんが今日、味噌汁のダシに煮干入ってるのが本当はつらかったけどずっと我慢してたとか言ったら死ぬかもしれない」

「え……ええっ⁉」

そんな言葉が兄を殺すかもしれないと知らされて、驚愕《きょうがく》して真弓は門扉に背を張り付かせた。

「そんなことはないだろうけど。まゆたんあれがやだこれがやだって、すぐ言うから」

「あ……明。俺はねえぞ、なんにもねえぞおまえの作ってくれるもんに不満なんか何一つねえぞ！」

横で咥《くわ》えようとした煙草をポロリと膝に落とした龍が、慌ててそんな自己申告をする。

「本当に？」

少しだけ疑いを覗《のぞ》かせて、明信は龍を振り返った。

「三カ月が限度だからね、龍ちゃん」

芝居がかった厳しい顔を見せた明信に、こくこくと龍が頷く。

「なんて、嘘だよ。だいたい龍ちゃんそういうの顔に出るし、そもそも好き嫌いとかないじゃない。あんまりこだわりとか」

「そりゃこだわってたら弁当屋の弁当で生きちゃこらんねえけどな」

ほっとして落ちた煙草を拾い上げ、まだ何処か狼狽《ろうばい》した手つきで龍はライターを鳴らした。

「……でも実は酸っぱい浅漬けが苦手なのを言い出せずにいる龍兄なのであった」

「な、なんで知ってんだ真弓!!」

その成り行きを見つめていた真弓が、膝に頬杖をついて責めるように龍を見る。

「勇太が感心してたから。お弁当屋さんのは必ず残してたのに明ちゃんのは食べてるって」

「龍ちゃん……なんで言ってくれなかったの？」

「なんでおまえはそういう揉め事の元になるようなこと平気で言いよんねん！」

「だって三カ月って言ったらもうタイムリミット過ぎてるよ。別れちゃえ、なんちて」

「ショックだ……秀さんの気持ち、わかったよ。僕」

「待て明！　おまえが作ったのはうまいんだって!!」

ああだこうだと揉める声に負けまいと大声で、明らかな無理の覗く大声で龍は叫んだ。

「わかった。つまりさー」

自分が揉めさせておきながら全く関知しない呑気《のんき》さで、ポンと真弓が手を叩く。

「ここ家族ならペッて言えちゃうポイントなんだよね。嫌いー食べれないー出さないでーとか。それが秀はショックだったんじゃないの」

「家族ならか？　おまえならの間違いちゃうの」

真弓と、せいぜい丈の口から聞くぐらいの想像しかつかない言葉に呆れ返って、勇太は苦々しく恋人に言った。

「しょうがねえだろ、多少の気遣いぐらい許せよ。それに俺も、多分大河も、どうしても食えねえもんなんてねえんだよ。ちょっと我慢すりゃなんでも食えるんだ」

「その我慢して食べてるもの今全部言ってよ龍ちゃん」

「何もそんなに甘やかしてやることねえだろ明ちゃん。龍兄のことよう」

目の前で犬も食わないような喧嘩をされて一人苛立ち、丈が口を尖《とが》らせて抗議する。

「……酸っぱいもん以外はなんでもうめーよ」

まるでこっちまで痴話喧嘩だと丈にすまなく思い、小声で龍が一応告げた。

「なんか馬鹿馬鹿しくなって来た、オレ」

まだ少しも認めていない明信と龍を、苦々しく眺めて丈が呟く。

「何がや」

「痴話喧嘩だろ。こうやって見てると、酸っぱいとか甘いとかよ」

「……まあ、そんならええけど」

その馬鹿馬鹿しさを望むというように、勇太は息をついた。

「喧嘩するほどなんとやら、だ。進歩なんだろ？」

少し澱《よど》んだ空気をかき回すように手を振って、龍が肩を竦める。

「……ところで龍ちゃん、なんでここにいるの？」

「え？　明ちゃんが呼んだんじゃねえのかよ」

「つーかおまえらはなんだって家の前の往来に座り込んでんだ？」

恋人と、その弟に怪訝《けげん》な顔をされて龍は、訪ねるなりここで輪になっていた帯刀《おびなた》家の人々を目撃した自分の困惑の方を先になんとかしろと煙草を噛んだ。

「それは大河がここにおれって……」

少し伸び過ぎた髪を鬱陶《うっとう》しく掻き上げながら説明しようとした勇太の声を遮《さえぎ》って、角の向こうから聞き馴れない爆音が響く。

「な……っ」

驚いて皆が腰を浮かせる間もなく、大型のワゴン車が門扉に向かって突っ込んで来た。

「うわ……っ」

「おい！」

「死ぬど明信!!」

「龍ちゃんっ」

「丈兄……っ」

道側に背を向けて座っていた明信と龍と丈を、闇雲に勇太と真弓が引き寄せる。すんでのところで、急ブレーキをかけてワゴン車は止まった。

「……テメ、何処に目えつけて走ってやがる！　降りて来いオラッ」

「とっとと降りてこんかいこのスカタン!!」

「ブチ殺す……っ」

気の荒い、龍、勇太、丈がすかさず、相手も確かめずワゴンの腹を思いきり蹴る。

恐怖に腰を抜かした明信はそれでも必死で弟を庇おうと真弓を抱いていたが、明信の腰を支えている真弓の方が明らかにしゃんとしていた。

「ちゃんと止まっただろ!?　んなに怒んなよっ、悪かったたっつの！」

とても悪いと思っているとは思えない口調で怒鳴り返しながら、運転席から思いがけない人物が降りてくる。

「大河兄……」

「……大河」

「兄貴、オレたちまとめて殺す気だったのかよ」

「んな訳ねえだろ。ちっと手元が狂っただけだ」

疲れ切ったように息を吐いて、大河は懐から煙草を出して強く噛んだ。

一仕事終えたかのように煙を吐く兄に、弟たちは困惑して顔を見合わせるばかりだ。

「日曜空けとけって言われたから空けといたけどよ、兄貴」

「何これ」

頭を掻いた丈の言葉を遮って、真弓が古いワゴンを指さす。

「会社から借りて来た」

「だ、誰が運転すんの？」

とても笑顔になれず引きつって、元々脆《もろ》くなっている路面の轍《わだち》にさらに刻まれたタイヤ跡を見て明信は声を戦慄《わなな》かせた。

「俺のほかに誰が免許持ってんだよ」

「あんた持ってたんか」

憮然《ぶぜん》と答えた大河がこれを運転して来たのだから持っていないはずはないのだが、とても免許持ちの停車とは思えず勇太が目を瞠る。

「そういえば大学卒業するときに取ってたね……大河兄。でも」

「運転してるとこ、見たことねえぞ。兄貴」

記憶を辿《たど》って明信と丈は、そういえば就職活動の後兄が忙しく教習所に通っていたことを思い出した。

「安心しろ。ゴールド免許だ」

頷いて大河が、ポケットからやけにきれいな免許証を出して見せる。

「僕……急に具合が」

本当に顔色を悪くして、明信は胸を押さえた。

「真弓危険な自動車より花屋敷のジェットコースターが好き」

「俺もう少し長生きしたいわ」

とても乗る気にはなれないと、真弓と勇太も激しく首を振る。

「俺もだ勇太。だから堪え難きを堪え忍び難きを忍んで運転手にお越し頂いた」

「……ああなるほど、それで俺が呼ばれたワケか」

「こちらが運転手様だ。那須《なす》に行くぞ、那須に」

未だ激しく次男と花屋の店主の個人的な付き合いに反対している長男は、自棄《やけ》のように龍を掌《てのひら》で指した。

「……オレ、マジで行かねえから。龍兄一緒だなんて冗談じゃねえ」

もっとも反対している三男が、踵《きびす》を返して家に戻ろうとする。

「今日だけただの運転手だと思え」

ガシッとその立派な腕を掴んで、大河は丈を止めた。

「だけどよ、なんだよいきなり那須って」

「家族サービスだ！　いいから秀呼んで来いっ」

「やだかんなオレ‼　みんな気がついてねえみてえだけど、オレだけチョンガーだろ⁉　これじゃようっ」

悲鳴のように丈が、もっともなことを言って辞退を申し出る。

「彼女誘えば？　丈兄」

「まともな神経やったら誘わへんやろな。ちゅうかその前に」

「彼女なんかいんのか？　丈。女連れてるとこなんざ見たことねえぞ」

「もしかしてラーメン屋の女の子にはもう振られたの？」

誰も悪気はないのだが、息を継ぐ間もないほど問いを重ねられて丈は黒塀に張り付かされた。

「……なんか言葉が通じねえと思ったら台湾《たいわん》の子だったんだ。中国語講座聞き始めたのに常連客のイラン人にとられちまったよ」

「インターナショナルな話やな、えらい」

指先で壁の穴をつつきながらいじけて言った丈の肩を、一応同情して勇太が叩く。

「いいんだ、丈なんか百回ぐらい振られてんだからほっとけ。それより情緒不安定の塊はどうした。呼んで来いよ勇太」

「あんたが弁当作れて書き置きしとったから渋々作っとるわ。なんや、仲直りのイベントなんかこれ」

尻《しり》を蹴った大河の言い付けをすぐには聞いてやらず、呆れて勇太は片眉を上げた。

「大河兄、全部秀さんの情緒不安定のせいにするつもりなの？　そんなんじゃ仲直りなんて無理だよ」

「ったく。家族を巻き込まねえと仲直りもできねえのか、いい年こいて」

「オレはそれよかラーメン食いに行きたい。まだあきらめちゃいねんだ、名前も覚えらんねえけど」

「それはもう無理だよ丈兄。てゆうかさ、二人のことは二人でなんとかしてよーっ！　受験生の夏をなんだと思ってんの!?」

家族サービスと言われても、出掛けた先でまた二人が喧嘩をするのではないかと早くもうんざりして、それぞれが口々に反対の声を上げる。

「だからっ、ただの家族サービスだっつってんだろ！」

「まあええやないか真弓、車ん中で単語帳捲っとったらええやろ。あのやかましい居間で勉強できるんやから何処ででもできるて」

ただ一人反対はしなかった勇太が、真弓を宥めて背を叩いた。

「……仲直りホントにしてくれるんならさ、いいけどさ」

勇太の養父への気遣いを汲み取って、真弓が小声で同意する。

「けどよ、先生はどうなんだ。おまえと一緒に出掛けるっていうかよ」

子ども二人の健気な様をちらと見て、仕方なく巻き込まれてやろうかと思いながらも龍は、もっともなことを問うて家を親指で指した。

「一回拗ねると強情だぞ、秀」

半分観念した丈に言われるまでもなく、そこのところは大河も危ぶんでいて、面子《メンツ》を見回してもっとも適任と思われる末っ子のところで目を止める。

「ジャンケンにしようよ、ジャンケンに！」

進んでそんな苦労を買いたくはなくて、真弓は握った手を肩まで上げた。

けれど誰もジャンケンに参加しようとはせず、ただ黙って真弓を見下ろしている。

「……もーっ、牧場の牛食べさせてよね！」

地団太を踏みながら真弓は、きっ、と大河を睨《にら》んで家の中に駆け戻って行った。

「受験生の夏が聞いて呆れるわ……」

東北自動車道に乗って二時間、那須インターからさらに車で山を上ること一時間近く。その山中の川辺に着くまで車の中の澱んだ空気もかまわず爆睡し、着いた途端に一番張り切って遊び始めた真弓《まゆみ》に呆れて勇太《ゆうた》は溜息をついた。

「ああやって見っとまだまだガキだなー、あいつら」

「誰の凧《たこ》なんだろ、あれ。懐かしくて涙出るよ、ゲイラカイト」

末っ子と楽しく凧を飛ばしているのは一番来るのを渋ったはずの丈《じょう》で、二人はかわりばんこにカイトを持っては少し傾斜のある川べりを走っている。巻き添えを捜した丈に無理やり連れて来られたバースも、カイトを見上げて二人について回っていた。

最初は勇太も付き合って走ったが、毎日学校の後遅くまで働いている体にはさすがに疲れが来て、寝ていたほうがいいと草の上に横になった。

大河《たいが》と秀《しゅう》は無言で、端と端に座ってカイトを眺めている。

「お……おなか、すかない？　ね、秀さん。大河兄」

「そうだな、腹減った。運転手に昼飯食わせろ」

「なに作って来たん？　喧嘩中やのにまあよう言われた通り弁当を……う」

作ったものだと感心して勇太が大きなランチボックスを開けると、一番上のタッパーにはぎっしりと出し巻卵が詰められていた。

「なんつー丁寧な厭味《いやみ》だ。また随分きれいな出し巻で」

声を詰まらせた勇太の肩越しにきれいな出し巻を眺めて、呆れつつも龍が感心する。

「し、下のタッパーには他にも色々……あ、大河兄の好きな蛸《たこ》の磯揚げも。まゆたん！　丈、ご飯にするから手、洗っておいで!!」

両端から険悪極まりない空気が押し寄せてどうにもならず、悲鳴のように明信が弟たちを呼ぶ。

「待ってよ、すごい高く上がって……ああっ」

「あーっ」

そんな空気にも気づかず、調子に乗って真弓と丈が限界まで糸を伸ばしたところで、風に煽《あお》られて糸が切れる。山のさらに奥へ、カイトは攫《さら》われて消えて行った。

「ちぇー」

「あーあ」

「いつもああやって、隅田《すみだ》に落ちちゃったよね。カイト」

がっかりした丈と真弓と、さらにはバースの鳴き声を聞きながら、子どものころを思い出して明信《あきのぶ》が必死に大河に笑いかける。

「……最後の生き残りを物置から出して来たんだけどな。糸も切れやすくなってたんだろ」

もう見えないカイトを見送るように山を眺めて、大河がようやく口を開いた。

「あの物置も整理しないとね」

そんなものが入りっぱなしになっていたことに驚いて、明信が秀を手伝うようにして紙コップや紙皿を取り出す。秀が大河の方を向かないので仕方なく、明信がウエットティッシュを渡した。

「お弁当なにー？」

「出し巻卵や」

シートに飛び込むように帰って来た真弓に、笑って勇太が箸を取る。

「げ……あ、でも唐揚げもハンバーグもあるっ。い、いっただっきまーす！」

できるだけ出し巻から離れようと、違うものを数え上げて真弓は両手を合わせた。

一緒に戻って来たバースには、明信が紙皿に缶詰の餌《えさ》を開ける。巻き添えで長時間車に乗せたのを気の毒がって、途中のコンビニで買ったものだ。

「ちゃんと手、洗った？　まゆたん」

「もう食べてる」

「河原で弁当ってのもいいもんだな」

「隅田とまた全然ちゃうしな。どっち見ても緑や、犬鳴《いぬなき》思い出すわ」

などと語らいながら、濃い草場に囲まれた川を眺めることなどその実誰もせず、目の端で皆大河と秀の一挙手一投足を追っている。

「うめっ」

丈だけはもうその揉め事も忘れて、ワカメと胡麻のまぶされた握り飯に溺《おぼ》れていた。

不意に、大河はウエットティッシュを袋に捨ててタッパーをじっと睨んだ。

シン、と、静まって一同がその様子を見つめる。

考え込むように一瞬間を置いてから大河は、真っすぐ出し巻に伸ばした手をそのまま口元に持って行って、自棄のように一口で食べた。

「な……仲直り、かな?」

引き攣《つ》って笑いながら、真弓が小首を傾げる。

「……僕は拗れるような気が」

絶望も露《あらわ》に明信が呟いた声に、秀の箸を置く音が重なった。

「なんで出し巻食べる訳?」

実に五日振りに秀が、真っすぐ大河を見て問いかける。

「うまいよ、別に普通に。おまえ辛くしてくれたんだろ? これ」

「ルーレットになってるの」

眉を寄せた大河の口に、少し色の濃い出し巻を取って秀は無理やり押し込んだ。

「う……甘っ！　てめなんでそんな丁寧な嫌がらせすんだよっ」

「やっぱり食べられないんじゃない！」

「だからそれはこないだ言っただろっ」

「なんで二年も言ってくれなかったんだよ!!」

「……すごい、こないだとおんなじ言い合いしてる」

呆れ果てて真弓が、自分と勇太の喧嘩などはすっかり棚に上げて肩を竦める。

「だからっ、喧嘩の弾みで言ったのは俺が悪かったっつってんだろ!!　許せよいい加減！」

「そこに一言『すまん』が入れば謝罪として成立するんやろけどなー」

一応謝ったつもりでいるらしき大河の居直りに、勇太も呆れて溜息をついた。

「まあ中々、な。そういうもんよ、男は。大河も本音じゃ反省してるみてえだし、一つここらで勘弁してやったらどうよ。先生」

「……なんか龍《りゅう》ちゃん遠山の金さんみたいだね」

時代劇に出て来る夫婦喧嘩の仲裁役のようなことを言う龍に、感心半分やはり呆れて明信が呟く。

「仲直りして欲しいなー……」

ちょっと萎《しお》れて、食べる手を止めて真弓は、上目遣いに秀と大河を見上げた。

「出し巻卵甘くしてって言ったの真弓だし。そう考えたらずっと大河兄に我慢させてたのって真弓ってことにならない？　……なんかショックで食欲なくなってきた。夏休みに大事な模試あるのに、うまくいかないかも……」

「そんな……真弓ちゃん」

「な、何言ってんだよ真弓。我慢なんて別に」

項垂《うなだ》れてすっかり肩を落とした真弓の子ども返りの小芝居に嵌《は》まって、おろおろと二人が取《と》り敢《あ》えず言い争いを中断する。

「だからよ、秀。別に二年間我慢してた訳じゃねえんだって。言い出すタイミングもなかったし、甘いのと辛いのと両方作れって言うのもなんだろ？　ガキじゃあるまいし」

「あんなに醬油かけたら、本当に体に悪いよ。それぐらいなら両方焼いた方がいい」

和解へ向けてなのか、ボソボソと二人はそっぽを向き合ったまま話し合いを始めた。

「そんな時間があったら一枚でも余分に書けよ」

「……今そんなこと言うの？　今？」

だが大河の余計な一言で、あっと言う間にまた雲行きが怪しくなる。

「真弓が我慢したらええんちゃうの。俺もどっちか言うたらしょっぱい方が好きやで」

仲裁のつもりで、勇太はさりげなく一案を挟んだ。

「え？　何それ。真弓がみんなに我慢させてたってこと？」

「僕は甘い派だよ、まゆたん」

瞬時に真弓と勇太が険悪になりかけたのを察して、慌てて明信が手を挙げる。

二対二、という展開になって否応無く家族の視線が、辛いも甘いも関係なく争いの元の出し巻を口に放り込んでいる丈に集中した。

「な、なんだよ。もしかしてオレにそんな重大な問題決めさせようとしてる!?　ちょっと待ってくれよ、明ちゃんホントに甘い派なのかよ。怪しいって、まゆたんに合わせただけだろ？」

何故自分がこの揉め事の決済をしなければならないのだと、もっともな抵抗を見せて丈が後ずさる。

「そんなことないよ。僕は田麩も好きだし」

疑われては心外だと、本当はどちらでもいい明信が毅然《きぜん》と首を振った。

「やっぱり最初から両方焼けば良かったんだ……」

「そうかな!?　自己主張しなかった人たちが悪いんだよそんなの！」

「おまえのは自己主張やのうて我が儘や、兄貴らがよってたかってききよるから」

「俺たちの育て方に文句つける気か？」

六分の二の苛々は、瞬く間に皆に伝染する。

「でも確かになんでもきいてあげればいいってもんじゃなかったのかも……いまさら遅いけ

ど」

「遅いってなに？　明ちゃん！」

「やーめーろ!!」

あっちでもこっちでも喧嘩を始めた帯刀《おびなた》家の人々を制するために、龍が大きく足を踏み鳴らした。

驚いてバースが皿から一瞬顔を上げる。

「卵焼きぐれえでよくそんなに揉められんな、ったく。呆れ果てたぞ、俺は」

もっともなことを言って運転手は、苦々しく溜息を吐いた。

「でもほとんど毎日食べてるものなんだよ龍兄、話し合いが必要だよ。秀に二種類の出し巻焼かせる気はないけど、真弓は甘い卵焼きが大好き！」

「おまえらだってさっきまで大河と先生のこと呆れてたじゃねえか。つーか……揉める家族もいねえ俺からしたら、じゃれてるようにしか見えねえぞ。マジで」

手間をかけたくないといいながらしっかり自己主張した真弓をちらと見て、龍が笑いながらその様子を羨《うらや》む。

「随分楽しそうな喧嘩だ」

出し巻を一つ口に放り込んで龍が言うのに、皆少しばつが悪いような気持ちになって俯《うつむ》いた。

「龍ちゃん……」

「仲直りしてメシ食え。な？」

すまなそうに明信に呼ばれて、龍がタッパーの角を指で弾く。

「……うん」

おとなしく真弓は、龍の言葉に頷いた。

「そうだね、せっかくこんなきれいなところに来たのに喧嘩なんて勿体ないよ」

怒らせてしまった真弓と和解の握手をして、明信がやんわりと秀を見る。

「まあ、平和にな。メシにしようや」

取り敢えず自分の真弓への発言は撤回せず、勇太も秀を眺めた。

「オレ全部食っちゃうぞ。もう飽きたってその喧嘩。終了終了」

明るく唐揚げを口に放り込みながら丈が言うのに、いつまでも俯いていては大人気ないと思ってか、秀が顔を上げる。

「……やだ」

けれど当の大河が何も言わずにいるのを見ながら、秀はプイと横を向いてしまった。

「大河兄！」

「ちゃんと秀さんに謝りなよ、ね」

「折れ時が肝心だぞ、こういうことは」

「いっぺん頭下げてまえば……」

「つかハラ減ったっつの！　食ってっけど」

ここで大河から一言あれば終わったものをと、全員が歯を剥いて大河を責め立てる。

「謝っただろがっ、俺は何度も！　……っくしょーっ、悪かったっつってんだろ!?　ゆ……っ」

どう考えてもいい加減許せこの野郎、ぐらいのことを言おうとした大河の口を、丈と龍とで抑え込んで塞いだ。

「秀、大河兄謝ったよ。反省してるよ」

にじり寄って秀の膝を揺すり、子ども攻撃再びで真弓が下から秀の顔を覗き込む。

「……仲直りなんかできない」

けれど強情にも秀は、俯いて唇を嚙んだ。

「秀、ええかげんにせえや。ガキみたいに」

見かねて、養い子が秀を叱咤する。

「だって！」

やけにむきになって、秀は声を上げて大河を見た。

じっと、睨み合って秀が、何か喉元に溜めた言葉を言い切れず口を噤んでしまう。

「……んぐっ、放せっ。……秀、なんだよ。まだ文句言いてえなら聞くよ。俺」

胡座をかき直して、秀に向き直って大河は神妙に言った。

「ようやく真剣に反省したみてえだな、大河は」

聞きながらぼそりと呟いて、龍がやれやれと頭を掻く。

「つか最初っから悪かったって思ってんだよ俺は！　マジで、悪かった!!　勢いであんな風に怒鳴ってホントにすまん！」

浮気した亭主の土下座ぐらいの勢いで謝られて、秀もさすがに意地を張り切れなくなって大河に向かい合った。

「……そういうこと言ってんじゃないのに……」

小さく秀は呟いたけれど、続きは継がずに溜息に変える。

「秀さん……大河兄も単純な人だから。これ以上は」

秀の不満が氷解しないことが明信には知れたが、堪えてくれと首を振る他なかった。

「うん……そうだよね。じゃあ、休戦」

頷いた秀の呟きには誰もが草葉に倒れそうになったが、秀は立ち上がり大河の隣におとなしく移動する。

「終戦だろ？　もういいよ、俺は」

首を振って長い溜息をついた大河に、秀は辛い出し巻を選んで皿に載せてやった。

それをおとなしく大河が食べるのを見守って、今度こそ終了だと皆で大きな息を継ぐ。

「う、しょっぱいのひいちゃった」

やっと出し巻に手を出した真弓は、秀の仕込んだルーレットに負けて顔を顰《しか》めた。

「替えたる、ほら」

色目で甘そうなのを選んで、勇太が真弓の皿と自分の皿を換える。

その勇太の様に龍と明信は心から呆れたが、もう揉めさせるまいと口を噤《つぐ》んだ。

「つーか牧場何処よ」

すっかり川辺で和んでしまったが那須と言えば牧場だったはずではと思い出して、車中爆睡組の丈がふと誰にともなく尋ねる。

「通り越しただろ、インター降りて結構すぐに」

牧場とは程遠い川と真後ろの温泉宿を見ろと指しながら、運転手は寝ていた丈に丁寧に答えた。

「起きたらここだった。ここ何処だ?」

「そういえば何処?」

「板室《いたむろ》温泉郷だ」

今頃そんなことを言う丈と真弓に、疲れながらも大河が教える。

「温泉ー?　若者なめてる」

「真夏だぞ兄貴。だからここ誰もいねえのか日曜なのに」

「しょうがねえだろ。近場で会社の保養施設つったらここぐれえしかなかったんだよ」

散々楽しく凧を飛ばしておきながら不満そうな声を重ねた二人に、温泉を指して大河は歯を剝いた。

「お泊りじゃないの?」

「この人数泊める甲斐性は俺にはねえぞ。だいたい明日月曜だろが」

「かまわねえなら明の分は俺が……」

「なんで。僕自分で出すよ」

「いや、店の手伝いの慰安ってことでよ」

「じゃあ僕と勇太の分は僕が」

「やかましい!!」

今度は会計を巡って揉め始めた大人たちの会話を、大河が気短にぶった切る。

「今日は俺の家族サービスの日!　ぐだぐだ言わねえで適当にここで遊べ!!」

「はーい」

いつもの怒鳴り声を聞いて真弓が、くすくすと笑って首を竦めた。

ようやく少し静かになって、ずっと響いていたはずの川のせせらぎが皆の耳に今頃届く。日差しに銀色に反射する川面は、所々深い緑色に透けていた。夏草の匂いが時折昇って、すぐに涼やかな風に攫われて行く。

「なんか絵に描いたような団欒《だんらん》……」

何事もなかったかのように呟いた秀に何処がだと誰もが突っ込みそうになったが、振り返るとその秀は、何処かその静寂を頼りにするように笑んでいた。

皆で秀を見つめて、ふと、言葉が出て来なくなる。

さっきまで大河に怒っていたのに、少し離れたところにいるかのように秀は見えた。寄る辺を捜すような眼差《まなざ》しの秀はいつか見たように思えて、見ているものを何か幸いだけとは言い切れない気持ちにさせる。

「……京都《きょうと》におったころは、よう出掛けたな。遊園地やら、それこそなんとかファミリー牧場とか」

誰よりも複雑にそれを眺めながら、勇太が一所を見ているような秀の気持ちを引こうとして声をかけた。

「新米お父さんだったから。そういうこと、するもんなんじゃないかと思って」

暮らし始めた最初のころに必要以上にそうしたのは真似事だったと明かして、秀が苦笑する。

「こんな風にね」

今ここにある団欒を見回して、秀は問うように呟いた。

少し困ったように、帯刀家の兄弟たちが顔を見合わせる。

「でもうちも、久しぶりだよね。それこそ去年の秋に、大河兄と秀さんのおみそで奥日光《おくにっこう》来て以来じゃない？」

「その前は……全員でっつうのは思い出せねえな」

「御殿場《ごてんば》かなあ。真弓が高校生になる春休み、進学祝いとかって」

　両親が逝《い》ってからはなるべく家族で行動するようにしていたけれど、それぞれ学校もあって全員揃《そろ》うというのは難しかったと、少し言い訳じみた早口になりながら明信と丈と真弓が首を傾《かし》げた。


「そういえば、お父さんとお母さんがいた頃の話ってあんまり出ないけど……もしかして真弓に遠慮してる？」

　自分はあまり覚えていないが、両親が兄弟を連れて出掛けたことがあったのではないかとふと思って、言葉を選んで真弓が兄たちに尋ねる。

　少し末っ子を気遣いながら兄たちは、随分遠い記憶を掘り起こした。

「海に……行ったのはいつだっけ？」

「僕も実は、あんまり覚えてない。富士急《ふじきゅう》ハイランドに行ったときは誰がいたかな……花屋敷はよく行った気がするけど」

　真弓への遠慮というのではなく、考えても記憶が蘇《よみがえ》らず丈と明信が眉を寄せる。

　苦笑して、大河は食後の煙草に手を伸ばした。

「親父とお袋はいつも忙しくて、盆と正月ぐらいしか休んでなかったからな。何しろ五人とも大学出す気でいたからよ。あのひとたちは」

溜息のように言った大河に、明信も丈も、朝も夕も忙しそうにしていた父と母の横顔を思い出す。

「どっちかっていうと親父とお袋死んでからだよな、みんなで出掛けたりするようになったの。兄貴と志麻《しま》姉が、時々思い出したようにこうやってさ。家族サービスだオラっつって」

「そういえばそうだね。別にまゆたんに遠慮して嘘ついてる訳じゃないよ」

丈の言葉に頷いて、明信が真弓に笑いかけた。

「だから」

鼻の頭を掻いて、大河が弟たちの顔をちらと見る。

「こういうこと、するもんなんじゃねえのかと思ってよ」

「一緒だ、秀と」

何か嬉《うれ》しそうに、秀の顔を真弓が覗いた。

「ま、そんなもんだろ。どっかの父ちゃんと母ちゃんだって、生まれたときから親だった訳じゃねえし」

「そりゃ確かに」

投げやりに言った大河に、やはり煙草を摑んで龍が同意する。

「そっか……」

何故だか少し心細い呟きを、秀が添えた。

水の流れる音に溶けて運ばれてしまいそうなその頼りなさが、聞いているものの気持ちに少しだけかかる。

「そういえば海ってあんまり行ったことない……あ!!　ねえねえ、ねえ！」

何が秀の気持ちにかかるのかわからず、取り敢えず話を変えようとそんなことを口にして不意に、驚くほど大きな声を上げて真弓は腰を浮かせた。

「なんやいきなり。唐揚げ喉《のど》に詰まりかけたやんけ」

「もうすぐ海の日だよね。あのさ、秀と勇太がうちに来てから丁度二年だよ！」

すごい発見をしたというように、真弓が得意げに皆にそれを告げる。

「あ」

「ホントだ。海の日だったよな、そういえば」

「夏休みの最初の日だったもん」

「……ってことは志麻姉が失踪してからもうすぐ三年」

思い出した弟たちと一緒に、あまり触れたくないがついでに思い出さずにはいられない人を大河が思い出した。

「長いようで短い……」

「何人が言ったよ、今」

兄弟たちの声が重なるのに、煙を吐いて龍が笑う。

「だけどもうそんなか、先生が竜頭町来て。そういや勇太、真弓と同じぐらいだったよな。背。でかくなりやがって」

「るっさいわ」

掌でそのころの勇太の身長を示そうとした龍に、歯を剥いて勇太は蹴りを繰り出した。

「……不思議ー」

そんな二人を眺めながら、真弓が首を傾ける。

「何がや」

「だって二年前の今日はさー、秀のことも勇太のことも知らないで暮らしてたんだよ俺たち。すごく不思議じゃない？　信じらんなくない？」

二年前の海の日に、二人が訪れなかったもしもを想像して、怖いような気持ちに押されて真弓は声を強めた。

「……そうだな」

怖いのは自分も同じで、もしかしたら歩み寄らなかったかもしれない秀との過去を思い出して、大河が息をつく。

「志麻姉に、感謝かな」

二人の気持ちを察して、明信が笑んだ。

「あれぐらい感謝しがいのねえ女もいねえけどな」

「お祝いしなきゃ、秀。二周年お祝い。ケーキとか焼いたりしちゃって」

何か特別なおいしいものを作ってもらおうと、秀の膝に寄って真弓がせがむ。

「……うん……」

ふっと、首を傾けて秀が、問い返すような頼りない声を聞かせた。

不意に強い逆光になって、秀がどんな顔をしたのか、皆見失う。

「秀……？」

どうしたのと、尋ねようとして真弓は呼びかけるだけで声が続かなかった。

「そうだね、ケーキ、練習するね」

早い上空の風に流された厚い雲が動いて、いつもと変わらずに秀が微笑《ほほえ》むのがわかる。

小さな間が、流水の音と一緒に流れた。

「……風呂でも、はいろかな。せっかくやし」

理由のわからないそのぎこちない間を見かねて、勇太が大きく伸びをする。

「じゃ俺も行くー」

少し秀を気にかけながら立ち上がって、澱んだものを吹き消すように真弓は笑った。

「二人でか？」

勇太と一緒に立ち上がった真弓に、いまさらだが下世話な心配をして大河が苦い声で問う。

「オレ見張り」

「なんや、ついてくんなや」

二人の間に割って入った丈を、鬱陶しげに勇太は肘で弾いた。

「他の人がいたら騒いじゃ駄目だよ」

「はーい」

注意を投げた明信に、当てにならない真弓の返事が届く。

中庭から三人が温泉の外来入浴に入って行くのを、残された四人とバースがなんとはなしに無言で見送った。

「……少しは落ち着いたんじゃねえのか？　勇太」

遠慮がちに声を落として、二月前まで自分の店で勇太をバイトに使っていた龍が、その背を見つめながら誰にともなく問う。ついこの間三日行方がわからなかった勇太を、帯刀家の人々同様に龍も心配していたが、特に不安な様子が見当たらなくなった勇太に自ずと安堵《あんど》の息が漏れた。

春先に真弓と仲たがいをしたことを切っ掛けにか、日に日に不安定になった勇太は工業の生徒に過ぎた怪我《けが》を負わせる喧嘩をした。大河に相談され龍の家でしばらく預かるという話になった晩に勇太が消えたので、龍も責任を感じずにはいられなかったのだ。

「ああ、全然……少しおとなしくなって。つうか大人んなっちまって、こっちが参るくらいだよ。龍兄にも色々心配かけたのにちゃんと礼も言わないで、悪い」

同じようにいつまでも勇太を見ている秀が答えないのを気にかけながら、大河が龍に告げる。

「いや、まだ日も浅いし。明から大丈夫そうだとは聞いてたからよ」

「……お世話になりっぱなしで、本当にすみません。ありがとうございました。龍さん」

ようやく皆が勇太の話をしていることに気づいて、秀は慌てて龍に頭を下げた。

「いや、なんにも力になれなくて。結局なんだったんだ？　山下《やました》の親父さんとこ入ったのとは、関係ねえのか」

「さあ」

まだ少し心配そうにする龍に問われて大河も、答える言葉を持たない。

「聞いてねえんだろ？　秀」

「うん……」

俯いて秀は、溜息混じりに頷いた。

「結構しつこく聞いたんだけど、不安定になってたの一点張りで。家出したのは、工業の子と喧嘩したせいで落ち込んだからだって言ったりもするんだけど」

不安定の訳を尋ねるたびにその場凌《しの》ぎのようなことを返す勇太の言い分はどれも本当とは思えず、そうとは思えないという口調で秀が呟く。

「どう考えても、その前から様子がおかしかったし」

港のある勇太の故郷から手紙が来た日のことを、秀はぼんやりと思い返した。

「龍兄は、なんかわかってんじゃねえのか？」

もし知っていることがあったら教えてやって欲しいと、大河が龍に尋ねる。

「……いいや。はっきりしたことはなんにも」

言いながら、自分が預かった夜にどうしても勇太を連れて帰ると言って二人きりで外に出た真弓が、酷い怪我をしてずぶ濡《ぬ》れで帰って来た姿が龍の目の前を掠《かす》めた。

けれどそのまままいなくなってしまった勇太が真弓に何かの弾みで怪我をさせてしまったのだろうことは、誰も触れはしないが皆知っていて口にせずにいることだ。

「ただ、昔色々、やらかしたんだろ？　あいつ。それが戻って来ちまったっていうか、そういうことなんじゃねえのかと俺は思うけど。俺にわかるのはそのぐれえだよ」

憶測で言えることはいくらもなくて、秀を安心させる言葉にはならないだろうと思いながら龍は言った。

「だけど今は大丈夫っていうのは、嘘じゃないみたいじゃない……？　まゆたんとも、前よりちゃんとしてるっていうか。ただはしゃいで羽目外したりすることも、あんまりなくなったみたいだし」

必死に聞いている秀に、せめてと、見てはっきりととれることを明信も口にする。

それでも秀の不安が止まないのは確かで、返事が聞かれないまま明信も何も言えなくなった。

「まあ、訳がわかんねえのは心配だよな。先生も。また同じことになったらって考えちまうんだろ?」

　無理に心配ないと言っても仕方がないだろうと、片膝を立てて龍が新しい煙草を開ける。

「絶対にねえとは、思わねえ方がいい。繰り返すもんだって、覚悟しちまいな。だけど多分、ちっとずつ落ち着いてくもんなんだと俺は思うよ」

　当てのない保証をするよりはその方がいいように思えて、酷かと思いながらも自分を重ねて龍は告げた。

　頷くように、微《かす》かに秀が首を傾ける。

「……ゆっくり、話して来たらどうだ」

　龍から煙草を一本貰《もら》いながら、親指で風呂の方を指して大河は言った。

「いつもと違う場所なら、いつもと違う話ができるってこともあるからよ。気が進まなきゃあれだけどな」

　無理強いはせず、どうしたいかを委《ゆだ》ねて大河が指を下ろす。

「大河」

　ようやく、大河の意図に気づいて、秀は顔を上げた。

「ごめん、気にしてくれてたんだね」

「謝ることじゃねえだろ」

　すまなそうに言った秀に、大河が顔を顰める。

「だけど真弓ちゃんのことでだって、心配や迷惑かけたのに」

「言うなよ。もう済んだことだし……それにそれは真弓が」

言われれば大河も、はっきりと理由のわからない真弓の怪我の訳や、長いこと酷く塞《ふさ》ぎ込んでいた理由を誰かに問いただしたい気持ちはあった。

「自分で選んだことだ」

けれど誰のせいというのではなく真弓が決めてそうしたことなのだと、大河もわかっている。

「……勇太と、話してくる」

大河の言いたいことを悟って、秀は目を伏せた。

「話してくれなくても、これで最後にするよ」

多分勇太にとってもうそのことは済んでいて、そして決して自分に話すつもりがないのだろうことを、秀もわかってはいる。

「あんまり、気負うな。ガキのときにこういうことがねえ方が珍しいんだから。な?」

小さくかけられた大河の言葉に頷いて、秀は草に手をついて川べりを立った。

酷くゆっくりと秀が歩いていくのを、不安に思いながら大河が見送る。

「そのためだったんだ。大河兄」

兄の目線を追いながら、溜息のように明信が笑んだ。

「家族サービス」

何がと、いまさらな素振りで振り返った大河に明信が肩を竦める。

「まあ……な」

弟に知られるのは本意ではなくて、大河は渋々と認めて耳を掻いた。

「けどここまで言わなかったんなら、勇太も言わねんだろうし。親にも言えねえことってのはあるしな」

もうすっかり前と変わらないように映る勇太と、そして真弓のことはやはり大河も気にかかったけれど、そんな風に納める他ないとも思っている。

「ただ秀の気がいつまでも済まねえみてえな気がして。どっかで一区切りつけねえと」

今は寧ろ秀のことが気になって、もう建物の中に消えた恋人を追うように大河は振り返った。

「ったく、あいつもとんだ放蕩《ほうとう》息子だな」

そのままになっている大河の煙草に火をつけてやって、龍が呟く。

「そうだね……でも出し巻卵の一件も少しは本気で反省しといた方がいいと思うよ、大河兄」

済んだ空気を煙で濁した兄に、苦笑しながら明信は小さく釘《くぎ》を刺した。

温泉施設の従業員に頭を下げて、中庭から秀《しゅう》は施設の中に入った。東京よりよほど涼しいのに外の日差しは強かったらしく、建物の中に足を踏み入れた途端暗さに視界が眩《くら》んで距離感を見失う。山蚊が入るのか、古い木造の廊下にはうっすらと蚊遣《かや》りの匂いが漂っていた。

「……気が、重いな」

独りごちて、せっかく大河《たいが》が機会を作ってくれたのに不義理なことを呟いてしまったと、首を振る。何度も聞いたと秀は言ったが、本当はそんなに強く勇太《ゆうた》を問い詰めてはいなかった。そもそも理由がわからないし、龍《りゅう》の言うように繰り返す切っ掛けを自分が作ってしまわないかとそれが怖い。

それでも、もう聞かないままでいいとも、思い切れない。

勇太が答えなくても尋ねるのはこれで最後にすると、さっき秀は約束したけれど、実際そんな覚悟はできていなかった。

今日聞いても、勇太がそれを言わないことはわかってはいる。けれど秀は、何故それを勇太が自分に言わないと決めているのかが酷く気にかかった。答えるより、答えずに通すことが義父を傷つけないと勇太は思っている。ならやはりそこには、自分にも深く関わる何かが在って、それがあんなにも勇太を追い詰めていたのだということになる。それは勇太の望む通り、自分は知らずにおかなければならないことなのかどうか、秀にはまだわからない。

川辺のせせらぎが遠くしんと静まる廊下の奥に、木格子の戸があった。格子の間も板で埋めてある戸を、藍《あい》色の暖簾《のれん》を確かめて開ける。

何か懐かしい、カルキの気配のない湯の匂いがして、籠《こも》った湿りの向こうで勇太がびくりと振り返るのが見えた。

何処かで見た覚えのある、けれど長く見ていなかったものを勇太が首から下げているのが秀の目に映る。

「……なんや、秀か」

それがなんなのか秀が問う間もなく、咄嗟《とっさ》に勇太はそれを摑んで羽織ったシャツの下に隠してしまった。

それを見たのか、見ていないのか。怖くて互いに何も言えない間が、天井の高い脱衣所を覆う。

「もう、上がるの？　僕も一緒に入ろうかと思ったのに」

肌がざわついて胸の奥が暗くなるのを感じながら、無理に笑って秀は口を開いた。

「丈《じょう》と真弓《まゆみ》は中で泳いどるで、まだ。俺は熱うて入っとられんわ。元々嫌いなんや、熱い風呂」

合わせて応えるように、口の端を上げて勇太も笑う。

「そうだったね。そういえば」

風呂の無い、まだ学生アパートに住んでいた勇太を引き取ったばかりのころ、銭湯に連れて行くのがいつも一苦労だったことを、秀は思い出した。

「水浴びることが多かったからって言って」

けれど子どものころの勇太の体にはいつも癒《い》えない傷が何かしらあって、それを湯につける痛みを嫌ったのだろうことはすぐにわかった。初めて勇太のシャツの下を見たときの辛《つら》さを、秀は今もよく覚えている。

長い時間をかけて、ほとんどの傷はもう、癒えたけれど。

「大事な話があんねん、秀」

遠いところを見るように俯いている秀を、引き留めて勇太は声をかけた。

「夏休み前にガッコ、いっぺん来てくれへん？　面談したいて、担任がいうとるから」

問われて秀が顔を上げると、少し高い目線からもう大人のような顔をした青年が自分を見ている。

「ちゃんと、進路決めたいんや。調査書かなんか出さなあかんらしいし。な」

小さく、痩《や》せて傷だらけだった少年がまだ目の前に居て、一瞬秀は勇太が誰なのか、ここが何処なのかわからなくなった。

「……山下さんのとこで職人になるってこと？」

あの子どもの手を自分の方に引き寄せたとき、こんな日がくるとは少しも想像しなかったと、ぼんやりと秀は思った。ちゃんと育て上げられると思ってはいなかったような気がする。ただ夢中で、勇太の手を引いた。

「ああ、はっきり決めたい」

こんなしっかりした声がいつか聞けると思いもせずに、なら自分は勇太をどうするつもりだったのだろうと、秀は目を伏せた。

「これって、勇太の身の振り方が決まったってことだよね」

もう自分にしてやれることは何も残っていないのだと、己に教えるように秀が呟く。

「ああ……そやけど」

その声が惜しむものを知って、小さく、勇太は首を振った。

「俺、別に学生やのうなってもなんもかわらんぞ」

簡潔に勇太が告げたことの意味がわからずに、秀が首を傾ける。

「働き始めたかて、おまえの子どもや。そうやろ?」

当たり前だと、すぐに秀は言おうとしたけれど、言えずに塞がるような喉を押さえた。

「悪かったな、大学まで行かせたいいうてくれたのに」

「ううん。もう、納得したから」

もう行く先を決めてしまっている勇太にいまさらそれを望むつもりはなくて、秀が首を振る。

「大河からも、説得されたんだ。勇太は半端な気持ちじゃないし、ここで職人になりたいっていう勇太の気持ちが嬉しいって大河は言ってくれてたよ」

「これで続かんかったら合わせる顔ないな、俺」

苦笑混じりに言って、勇太はシャツの前を留めた。絶対にという自信がある訳ではないのだと、少しの弱みを、秀に見せた。

それが逆に、心配するようなことはもう、ほんの些細《ささい》なことさえ残されていないと秀にわからせる。繰り返すものだとさっき龍は言ったけれど、今まで繰り返したものと今度のことが、まるで違うように秀は改めて感じた。

「そしたら」

高いところにある勇太の左目の微かな白い濁りを、無意識に秀が探す。

「報告、しなくちゃね」

引き取ったばかりのころ、なんとか治してやれないものかと気にかけたその傷痕《きずあと》を今は頼りのように秀は探したけれど、高窓からの日差しの下に見つけることは難しかった。

「報告するて」

独り言のような秀の呟きに、困ったようにふっと勇太が目を逸《そ》らす。

「誰に」

眉を寄せて、問うことさえ渋って勇太は声を細めた。

「おかん、何処におんのかわからんし」

「お父さんや……お世話になった方に。ね。中学や高校に進学したこととは、また話が違うから。今回は」

言いながら、秀の声も尻すぼみになる。

「……わかった。そしたら俺、手紙書いとくから。おまえも一言あるんやったら俺が一緒に出すから、書いといてくれ」

変に素直に、勇太は秀に頷いて見せた。今までなら絶対に嫌だと、もう関係のない人間だと喚《わめ》いたところだ。

「うん。お願いする」

無為に勇太が押さえた胸の、シャツの下にある何かを、秀は見つめた。

清々する。

色々と手を尽くした末秀に息子を渡したときに、最後にそう言い捨てた勇太の本当の父親の、投げられた言葉に僅《わず》かに滲《にじ》んだ情を秀は思い出していた。

真夏のプロ野球中継はどの季節よりも熱い盛り上がりを見せて、帯刀《おびなた》家の居間では古く曇ったテレビが巨人阪神戦を映し出していた。

枝豆を挟んで丈《じょう》と勇太《ゆうた》が、シーソーゲームが動くたびに小さく揉《も》めながら延長戦の行方を追っている。勇太は阪神、丈は縁側のバースとともに巨人を応援していた。

飯台ではさっき遅い夕飯を終えた大河《たいが》が、やはりビールを片手にテレビに集中している。

その騒々しさがないと勉強ができないという真弓《まゆみ》は大河の向かいで参考書を捲《めく》って、隣で明《あき》信《のぶ》が解き方を解説している。

誰もが不自然なほど、自分の手元、あるいはテレビに視線を集中させていた。バースでさえじっと野球中継を見つめて、ぴくりとも台所を振り返らない。

台所ではいつにも増してぼんやりした秀《しゅう》がほとんど調理のためにしか使われていない小さなテーブルに着いて、一週間分の新聞に挟まっていたチラシ広告を、一枚一枚ばか丁寧に眺めてはきれいに畳んでいた。

その様を気にすまい気にすまいと思いながら、ついに明信が、ちらと顔を上げて見つめてしまう。

「……見ちゃダメだ、明ちゃん」

それに気づいた丈が小さく忠告を投げたが、その言葉のせいで全員がうっかり秀に注目してしまった。

「大通りのスーパーで、レジのパートさん募集してる」

「……聞くな、聞いてやることたねえ」

口を開いた秀に顔を逸《そ》らして、大河が誰も返事をするなと手を振る。

「夕方なら時給七五〇円からだって。結構いい時給だよね……一日六時間入ったとして」

「おまえの打つレジになんかスーパーの方が金貰《もら》いたいぐれえだろ」

聞くなと皆に言っておきながら自分が黙っていられずに、大河がビールの底でちゃぶ台を打って秀の無意味な計算を断ち切った。

「バーコードで当てるのなら僕にだってできるよ。きっと」

「夕方のスーパーに求められるのは手早さだぞ！　おまえのもっとも苦手な!!」

「兄貴……相手にしたら負けだぞ」

ほとんど独り言に近い秀の言葉に本気で苛立《いらだ》っている大河の肩を、諫《いさ》めるように丈が叩《たた》く。

「あ、警備員って日給一万円も貰えるんだね。制服着て立ってればいいんでしょ？」

「オレが強盗だったらまず秀のいる入り口狙《ねら》うな。間違いなく」

「それ以前に警備会社がこんな弱そうなん雇う訳ないわ」

早々に負けながらももっともなことを言った丈に、さらにもっともなことを勇太は付け加えた。

「菓子パンの袋詰め……深夜時給」

「無理だよ。秀洗濯物畳んでても時々三十分も一人でぼうっとしてるじゃない。一日でクビだよ」

新しいチラシの時給を見ようとした秀に、真弓がボールペンを放り出して告げる。

「そんなもん三十分もほっとくな、真弓」

「だって、もしかして万が一頭の中でお仕事してたら悪いと思ってさ」

「そうか……そうだよな」

そうでないとはさすがに担当編集として言い切りたいはずもなく、大河は葛藤《かっとう》して髪を搔《か》いた。

「つうかな、秀。色々見たって無駄だ、無駄。だいたいこの不景気の世の中で、大学出てSF作家しかしたことねえようなヤツ誰が雇うか。職歴も資格もなくて、力仕事ができるんならまだしも」

「……それ、僕も胸痛いんだけど。大河兄」

仕方なく誰にでもわかる本当のことをばっさり言って捨てた大河に、いつでも割りと不安な自分の将来がますます不安になって明信が胸を押さえる。

「教員免許なら」

「おまえみたいなフラフラしとった大人にいきなりベンキョ教えられる学生が気の毒や」

まだ足搔《あが》いている秀に、勇太は京都時代から何度も言った台詞《せりふ》を投げた。

疲れ果てながらも、皆秀の次の言葉を構えて待つ。

いつもこうして一通り、何か他のことをしたいと言ったところでできることなど何もないということを皆で寄ってたかってわからせてやらなければ、チラシを捲り始めた秀は仕事を始めないのだ。しかし家族といえどもそれは根気のいる作業で、誰も好き好んでそんな甲斐のないことを言って聞かせる作業をしたくはなかった。

「でも何もしないでいる訳にはいかないし」

「だから、部屋行ってワープロの電源入れりゃいいだろ」

いつもならこの辺で思い知らされた秀が未練たらたらで部屋に向かうのだが、今日は台所を離れないのに苛立って大河が親指で廊下を指す。

「入れたくない」

最後の一枚を畳み終わってしまって、溜息《ためいき》をつきながら秀は両手で頬杖《ほおづえ》をついた。

「仕事、辞めたい」

「……いつもながらよ、おまえはホントによ、人の気持ちも考えずに簡単に言ってくれるもんだよな」

ただの愚痴だとわかっていても日々懸命なフォローを入れている身としては疲れがどっと襲って、髪を掻き毟《むし》りながら大河が頭を抱える。

「いつものうわ言やから、堪《こら》えたってや。頼む」

連れ子の義理で勇太が、声を潜めて大河に言った。

「でも今の仕事辞めたら、もう少し」

そんな人々の心情も無視して、秀のうわ言はまだまだ続く。

「大河とも、一緒にいられるし」

「逆だろ、どう考えても」

唐突なことを言い出す秀の整合性の無さに目を丸くして、大河は自分の怒気を散らすために煙草《たばこ》に手を伸ばした。

「平和にということ」

「平和じゃねえのは誰のせいだと……っ」

その手で大河が、煙草を箱ごと握り潰《つぶ》す。

「それにもう、食べてぐらいの収入があれば……勇太にお金かからなくなっちゃったし」

「どういう意味や秀！　俺のこと大学にいかすためだけに仕事してたていうつもりやないやろな！　怒るでしまいにっ」

堪えろと大河に言っておきながら自分はさっさと切れて、畳を蹴《け》って勇太は立ち上がった。

「もう怒ってるじゃん勇太……てゆうかさ、秀。そんなのいろんな人に失礼だよ」

「そうだよ。僕みたいな、秀さんの熱心な読者が泣くよ」

まあまあと宥《なだ》めながら真弓と明信が、至極もっともな意見を秀に投げる。

「そういうこと言ってるんじゃないよ……仕事辞めたいだけなんだ」

「辞めてどうしたいんだよ」

苛々しつつも付き合って聞いている丈は、親切にも先を聞いてやった。

「大河と仲良くしたり、勇太と遊んだり、真弓ちゃんと甘いもの食べたりして暮らしたい」

「世の中なめすぎだろ秀……」

お手上げだと丈が、文字通り両手を上げる。

普段ならここで一緒に両手を上げて見せる真弓なのだが、秀の横顔を見ていたらそうもできず、頬杖をついたまま見つめていた。

「もっとみんなといたい。そしたら少しは……」

「少しは、なんなんだよ」

ぼんやりと秀が空を見ながら呟《つぶや》くのに、大河が問う。

「なんでそんなに怒ってるの、大河」

「誰が怒らせてると……っ」

「堪えろ兄貴っ」

ついには腰を浮かせた大河を、慌てて丈が後ろから羽交い締めにした。

「大河兄、秀さんは心身膠着《こうちゃく》状態だよ」

無罪だと、言って聞かせて明信が兄を宥める。

「なんでそんなに怒りっぽいのに、肝心なこと言ってくれなかったの」

「……なんのことだよ」

「出し巻卵だよ」

「そこまで戻るのかよおまえは」

もうとっくに終了したと思い込んでいたことを蒸し返されて、大河だけでなく公聴人たちも呆然《ぼうぜん》と口を開いた。

「あれ以来僕はスランプで」

「え!?」

「出し巻が上手に焼けない……」

「威《おど》かすなよおまえ」

「僕がこんなに悩んでるのに、君は出し巻卵より仕事の方が大事だって訳?」

仕事の話ではないと知って心底ほっとした大河をキッと睨《にら》んで、秀が下唇を噛《か》み締める。

当たり前だろうバカとまで大河は言いたかったが、明信の言葉を思い出してぐっと堪えて拳を握った。

「そういえばピクニック以来、出し巻卵出ない」

密《ひそ》かにそれを気にかけていた真弓が、兄を責めるでもなく小さく呟く。

「だって上手に焼けないんだもん……」

真弓より子どもじみた口調で言って、秀はテーブルに肘《ひじ》をついたまま両手で顔を覆った。そのましくしくと秀が泣き出したような気配がして、皆どうしたらいいのかわからずに言葉を失う。

「ちょっと……散歩でもしてくっか。な？　秀。外の空気吸って、コーヒーでも飲んで来ようぜ」

恐る恐る秀に歩み寄って、丸まっている肩に大河は触れた。

これ以上家族に迷惑をかける訳にもいかないと、その手を引いて椅子から立ち上がらせる。

「行っといでよ。散歩して、外の空気吸って、コーヒー飲んで来て」

それで秀の様子がよくなるようにと心から願って、大河の飲んだビールを片付けながら明信が言った。こくこくと丈も、明信の言葉に頷《うなず》いている。

「じゃ、あと頼んだぞ明信。ちょっと出掛けてくっから。ホラ、秀。散歩だ散歩」

項垂《うなだ》れてなすがままの秀を連れて、大河は老人を連れ歩くようにゆっくりと廊下に出た。

「……あれ？　今締め切り中だっけ？」

そのせいだろうと最初から思い込んでいたが、考えて見ればつい先日終わったばかりではなかったかと、いまさら丈が気がつく。

答えずに勇太と真弓は、心配げに玄関の閉まる音を聞いていた。

「出し巻ぐらいでメソメソ泣くなよ……」

手を引くようにして隅田《すみだ》川沿いを二十分も歩いたというのに一言も喋《しゃべ》らない秀《しゅう》に痺《しび》れを切らして、大河《たいが》は慰めなくてはと思いながらもあまりに心ない言葉を吐いた。

「ぐらいって、言った？　今」

まるで真弓《まゆみ》のような言葉で問い返され、これはもう何も言わずにいる方がいいと大河が口を噤《つぐ》む。

橋を渡ろうかどうしようか悩んで大河は、結局渡らずに秀の手を引いたまま町中に戻った。子どものころからあまり足を踏み入れたことのない隣町は昔置屋があった芸者街で、今でも少し敷居の高い飲み屋がぽつりぽつりと明かりを灯《とも》している。

何処《どこ》かに入ろうかと足を止め秀を振り返って、あきらめて大河はまた歩き出した。とてもじゃないが秀は、飲み屋に連れて入れるような有り様ではない。

知らない道を歩くのもいい気分転換になるかもしれないと、何処も初めてだが何処も見たような路地裏を、当てもなく大河は進んだ。

古い軒先には簾《すだれ》が下がり、玄関の外の道端にまで盆栽や朝顔の鉢が並べられている。何処かの家の風鈴が、隅田の風を拾って鳴った。

「調子悪いのか、仕事」

ようやく、少し秀が顔を上げたことに気づいて、今もっとも無難と思われるところから問う。

「何もかもうまくいかない感じ……」

これが無難な話題かと思うと家族をやめたくなる一瞬でもあったが、秀の答えを聞いて大河はますます絶望を深めた。

「出し巻のせいでか？」

「そうだよ」

あっさりと秀が答えるのに大河は思わずその手を握り潰してしまいそうになったが、ワープロを打つ手だと思い直し踏み止どまる。

「なんて……それは言い過ぎかな。仕事なのに、いつも迷惑かけてごめん。家に仕事持ち込まないでなんて言っておいてプライベートと分けられないでいるの僕の方だって、本当はわかってるんだけど」

もはやまともに話すことは不可能だと思わせた秀が、不意に、そんなことを言って大河を驚かせた。

「なんか最近、ちょっと気力が萎《な》えちゃって」

「まあ、最終的におもしろいもん書いてくれれば俺はそれで」

「先月の読んでどう思った？」

甘いことを言って茶を濁そうとした大河を、くるりと秀が振り返る。

「……良かったよ」

即答したかったが元々嘘《うそ》が苦手なたちが災いして、たっぷり五秒、大河は答えるまでに空けてはならない間を空けてしまった。

「この世で大河より正直な人間って、多分丈《じょう》君の他に何人もいないだろうね」

恨み言とも言い切れない厭世《えんせい》的な溜息を聞かせて、秀が虚《うつ》ろに風の送られて来る方を眺める。

「世紀の文豪だって書いたものが全て傑作だった訳じゃねえだろ」

「もうちょっと軽い慰めでいいのに、そんな大袈裟《おおげさ》な譬《たと》えされるとどんだけ駄目だったんだろうって気が遠くなる」

「じゃあ……っ」

どうすりゃいいんだと、こんな路地で怒鳴りそうになって、堪えるために一人足搔きながら大河は髪を搔き毟った。

「大河は信じないだろうけど、僕」

立ち止まっている大河と一緒に悠長に止まって、古い日本家屋の二階を見上げながら、秀が口を開く。

「仕事、結構大事にしてるんだ。やっぱりうまくいかないと落ち込む」

信じないだろうと秀に言われたその台詞はやはり大河には素直に聞かれないもので、目を丸くして髪を搔く手を下ろした。

「駄目だなあ……何があったってみんな、ちゃんと仕事するよね」

「そんなこともねえだろ。個人的なことが仕事の失敗に出ちまうやつなんていくらでもいるし、俺だってどっちかがうまくいかねえと両方駄目になったりするよ」

「そうかな、大河はちゃんとやってるよ。負い切れないこと山ほどあるのにどれも責任持って、きちんとやってる。ちゃんとした大人なんだなって、思うよ。僕とは違う」

「……どうしちまったんだよおまえ」

どちらからともなくまた歩き出しながら、まるで耳慣れないことを言い出す秀に大河が困惑を極めて眉《まゆ》を寄せる。

「大河」

少し肩に寄って、何に疲れてか掠《かす》れた声を秀は薄闇に投げた。

「僕、おかしい?」

その問いかけの奇矯さに、煙草を吸っている訳でもないのに噎《む》せて大河が咳《せ》き込む。

「ちょっとおかしいよね、わかってる」

ちょっとなんてもんじゃないと言いたいところだったが秀に自覚があるなら随分ましだと思い直し、ようやく少しほっとして大河は咳の残る胸を摩《さす》った。

「こないだ……勇太とちゃんと話したのか」

やはり原因はそれなのだろうと、聞こうかどうしようか迷っていたことを遠慮がちに尋ねる。

「……うん。やっぱり何も、話してくれなかった。山下《やました》さんのことときちんとしたいから学校に面談に来てくれって、言われて」

一瞬横顔を揺らしたけれど乱れずに、秀は大河に報告した。

「落ち着いてはいたんだろ？」

「全然。多分もう、勇太の中では終わってるんだと思う。なんだかわからないけど」

「……龍《りゅう》兄とも言ってたんだけど、親に言えねえことなんかガキにはあって当たり前なんだからよ。気にかかるだろうけど」

「うん」

ちゃんとわかると、そんな風に秀が首を傾ける。

「もちろん気にはなるけど……それは、僕も堪えなきゃならないんだよね」

「……そうだな」

ようやく、これで秀も落ち着くかと、安堵《あんど》して大河はその肩を抱いた。今回の勇太のことが養い親の秀にとってどれだけ大きな出来事だったのかもちろん大河もわかっていたが、今の秀にならそうして自分で言うように己の中である程度きちんと始末できるはずだと、多少の信頼もある。自分も力になるつもりだったし、二年前に再会したばかりのころとは、秀ももう随分違う。短いようで長いと皆が言ったその二年の間に、本当に様々なことがあったのだ。

きっと秀の様子も待てば少しずつよくなるのだろうと、大河は思った。

「明日はきれいな出し巻焼けそうか?」

「……ん?」

「甘いか辛いかでまだ悩んでんなら、甘くてもいいぞ。受験生には糖分が必要らしいし」

曖昧《あいまい》に答えた秀に、肩を抱いたまま大河は笑いかけた。

その薄い秀の肩の向こうの、ご休憩四千円の文字がふと、目に飛び込んで来る。気がつくと二人は、いつの間にか連れ込み宿の乱立する暗い通りに迷い込んでいた。顔を上げると向かいも隣も皆旅館だ。

これじゃまるで何か下心があって連れ込んだようではないかと、慌てて大河は秀の手を引いてそこを走り抜けそうになった。いやしかし、いまさら下心があるとかないとかそんなことを言ってる場合かと、はたと足を止める。

高校時代にお互いに思いを募らせたまま別れて、再会するまで六年半かかった。付き合い始めて丁度二年で、出会いからトータル十一年半、思い合いながらも大河と秀はキスしかしていない。

「……どう考えても今の状態の方が不自然だろ」

覚えず大河は、確認するかのようにそう独りごちていた。

しかし勢い込んだところで若気の至りと言えるような年でもなく、相思相愛になって二年もただ一緒に暮らしているので、大河としても改めてそんなという照れや恥ずかしさがどうにも拭《ぬぐ》えない。そもそも秀があまりそういったことに積極的ではなく、というより非常に消極的で既に大河は何度か拒まれているので、もうこのまま一生見つめ合って手を取り合って時折小鳥のような口づけをしながら暮らすという世にも恐ろしいシチュエイションもあながちあり得ないとは言い切れなかった。

時折大河も、もうそれでもいいとヤケクソのような気持ちにもなったが、まださほど枯れ切ってもいないのでどうにかならないものだろうかと思う日ももちろんある。

「秀」

これがどうにかなるような千載一遇のチャンスかもしれないと察して、一つ力いっぱいアクセルを蒸《ふか》す努力をしてみようかと、大河はできる精一杯のムードを発して秀を呼んだ。

けれど何処かうろんな瞳《ひとみ》で自分を見上げた秀は、まださっきの続きを思っているかのように、心が見当たらない目をしている。

もう一度呼んだら今にも体ごと縋《すが》って来るかのように、秀は心細く見えた。

その肌の上で、大河の手が迷って止まる。肩を抱こうとした手で、大河は秀の髪を子どもにするようにくしゃくしゃにした。

「そろそろ、帰るか」

弱っているところを見澄ますような真似をしようとしたのだと己に呆《あき》れて、溜息をつきながら歩き出す。

ついて来ない秀を不審に思って振り返ると、不意に、思いもかけない力で大河は右腕を秀に摑《つか》まれた。

「……なんだ、どした」

「入ろうよ、ここ」

惑いもせず言った秀の指さした先に、大河が連れ込もうとしてやめた宿がある。信じられず大河は、目を剝《む》いて看板を凝視した。

「なんで」

自分が聞かれたらたまったものではないが他に言葉もなく、不躾《ぶしつけ》にも大河が問う。

「しよう」

真っすぐに見上げられて無様にも一歩後ずさった大河の腕を、秀が引いた。

「な、何を」

我ながら情けなくて眉間《みけん》に皺《しわ》が寄ったが前に踏み出せず、なおも不調法に大河が問いを重ねる。

「はぐらかさないでよ」

「はぐらかさないでっておまえ……」

ようやく、全く信じられないことだが秀が自分を誘っているのだと知って、呆然と大河は往来の真ん中に立ち尽くした。

「だから、なんでだよ急に」

理解してもどうにも納得し難くて、据え膳《ぜん》を前にしながら苛立ちの方が大きくなる。

不意に、ちりんと音がして角から自転車が曲がって来た。置屋に出前を運ぶ老人はこの界隈《かいわい》で様々なものを見慣れているのだろうがさすがに二人には目を剥いて、物見高くあからさまに振り返って行く。

「入るの？」

顔を顰《しか》めて大河は、視線を避けるために秀の肩を押して木塀に寄せた。

「入らない。……おまえ、こういうことはあんまり好きじゃないとかなんとか抜かしてただろが」

「したくなった」

元々感情の読み取りにくい目でじっと見上げられて、苦い息を吐いて大河が目を逸らす。

「嘘つけよ」

淡々と重ねられる重みのない秀の声に眉間の皺を深めて、大河は苛々と踵《かかと》を鳴らした。

「いまさらそんな気になれない？」

「怒るぞ、しまいには」

同じ台詞を二年前にも聞いた気がして、時間が戻ったかのような錯覚が一瞬大河を襲う。

「最近、キスもしないね」

横を向いている大河の頬に触れて、薄闇に秀は瞳を合わせて来た。

「色々ゴタゴタしてたし。それにおまえが……なんだかんだってはぐらかしやがるから」

まるで倦怠期《けんたいき》の夫が妻に責められているような気持ちにさせられて、言い訳のように大河が返す。

「だから」

頼りない街灯に蛾《が》が触れて、その暗がりをますます陰らせた。

「もう、僕ははぐらかさないよ」

ジジと、羽の焼ける音が二人の頭上に響く。

真意を問うて、頬に触れている秀の指に、大河は手を重ねた。半分脅かすつもりだったのに引かない秀の腰に、そっと、指を伸ばす。

「秀……?」

惑いながら抱き寄せて、何処か試すように名前を呼びながら大河は唇を重ねた。触れてみると秀の言う通り、随分と口づけていなかったことを思い出させられる。

二人の温度差を知った途端、大河はそれを埋めずにいられなくなった。

「……っ……」

深く抱いて、唇の端を嚙む。鼻先を擦り寄せて肌の匂《にお》いを乞《こ》うと、自制を忘れるほど高ぶった熱が大河を酷《ひど》く急《せ》き立てた。

指に重ねた指を解いて、両手で、大河がきつく秀を抱きしめる。受け止め切れずに秀の足元が縺《もつ》れて、木塀に背が当たった。

「痛……っ」

強く肩甲骨が当たる音が耳に届いて、溺《おぼ》れかけた肌を思わず大河が放す。

目を閉じて自分の肩に縋っている秀の様子に気づいて、腕を、大河は緩めた。

「……どうして？　放さないでよ……」

薄く目を開けて、小さく逃がした息の透き間に秀が大河を咎《とが》める。

落ちた前髪を掻き上げて、長い息を、大河は吐いた。

「大河？」

乞う声を聞かず手を解いて大河が、秀の左隣の木塀に背を寄せる。

「ねえ、何が」

訳を問おうとした秀の左手首を、乱暴に大河は摑んだ。ものも言わず、甲に自分の首筋の熱を計らせる。惑う秀の髪を摑むように抱いて、胸の音を、大河は聞かせた。

「……わかるだろ？　俺は今でも、いつだっておまえが欲しいと思ってる。おまえがいいなら」

「だから僕は」

「おまえは違う」

言葉を最後まで聞いてやらずに、大河が胸から秀を突き放す。

「嘘や、無理なんかごめんだ」

冷めてこそいないけれど、とても情交を求めているとは思えない秀の頬に、大河は掌《てのひら》で触れた。

「そんな、ことで勝手に嘘だなんて思わないでよ。僕はそんなに、こういうこと、慣れてないし……っ」

「そういうもんじゃねえだろ？　慣れてるとか慣れてねえとか」

「元々、そんなに」

「だからっ、おまえがしたくねえならいいんだよ俺は！」

切れ切れの言い訳を重ねる秀に堪えられず大河が、掌で力任せに塀を叩いてしまう。

「したいって、言ってるだろ」

眉を寄せて、怒声に身を切られるようにしながら、秀はなおも言い重ねた。

「嘘じゃないよ、もっと近づきたいんだ。もっと側にいたい。そしたら……」

「……さっきも言ったな。おまえ、それ。そしたらどうなんだ」

仕事を辞めたいと言い出した時に聞いたのと同じ「そしたら」を耳に留めて、なんとか怒気を吐き出しながら大河は尋ねた。

「そしたら君だって」

自分でもその先を見失ったかのように、眉を寄せて秀が首を傾ける。

「出し巻、辛くしてって言える」

「……は⁉　目茶苦茶だろ、おまえはよ……もう」

もう路面に座り込みたいほど疲れながら、塀に掌を当てて大河は寄りかかった。

「僕がこんなだから君も、勇太も」

「俺や勇太が？」

何か投げ出すような秀の声にもう我慢がきかなくなって、力任せに肩を、大河が捕らえる。

「だいたいこんなだからってなんのことだよ。どんなだって言うんだよ」

腹立ちを露《あらわ》にした大河の眼差《まなざ》しの先を探るように、秀は顔を逸らさずにいた。

「……出し巻にかこつけて、何が言いてえんだよ。言ってみろ、ちゃんと」

「かこつけてなんかないよ」

いつの間にか前髪が触れるほど、お互いの顔が近くにある。

続きを継ごうとした唇を、少しだけ秀は躊躇《ためら》わせた。

「甘い出し巻が食べられないって言えなかった君は……」

ぼんやりと、秀の視線が大河からぶれて外れて行く。

「茶巾寿司に芝海老を載せるなとも、お稲荷さんを干瓢《かんぴょう》で結ぶなともきっと言えない」

「芝海老も干瓢も大好きだ」

うわ言のような言葉に困惑しながら、それでも律義に大河は言葉を返した。

「そういうこと言ってるんじゃないんだよ」

「じゃあなんなんだ」

「だから、君は」

問い詰める大河に自分でも惑うように、秀が遠くを眺める。

「何か本当に欲しいものがあっても僕には言えないし、例えば僕を好きじゃなくなったり……他に好きな人ができても」

俯いて、呟いた秀の肩が微かに大河に縋った。

「僕には言えないよ」

「……飛躍し過ぎだ」

呆然と、眉を寄せて大河がとてもまともに聞く気にはなれず首を振る。

「出し巻はたまたまで……それにいつだって俺はおまえに言いたいこと言ってるだろ？　なあ」

「なら……入ろうよ、ここに」

それでも言い聞かせようとした大河のシャツの胸を、秀は指先に摑んだ。

「もうなんにも、我慢なんかさせない」

ぎこちなく大河の唇に、秀の唇が触れていく。

「ふっざけんな……何がならなんだよっ」

失望に胸を覆われて、抑えられず大河は憤りのままに秀を突き飛ばしてしまった。

「おまえ結局なんにもわかってねえじゃねえかよ!!」

籠《こも》る熱を何処に逃がしたらいいのかわからずに、大河の拳がまた塀を叩く。

「うるせえぞ！　いい加減にしろっ」

今まで堪えていてくれた何処かの連れ込みの客が、窓を開けて思いきり怒鳴った。

自分たちの非常識さに今頃気づいて、少しだけ気勢を下げて大河が声を振り返る。

「わかってないと思うなら」

けれど秀はそんな罵声《ばせい》が耳に入らないのか、かまわずに大河に声を向けた。

「大河が教えてくれるって、そういう約束だったじゃない!!」

不意に悲鳴のように、秀が叫ぶ。

「ちゃんと教えてよ！」

「何言って……っ」

訳のわからなさを問いただそうとした大河の手を払って、秀は振り返りもせずに駆け出した。

「おいっ、待てよ秀っ！」

呼び止めても大河も、追って走る気になれない。

「……ったく、どうしちまったって言うんだよっ」

互いの手元に得たと思ったものの全てが偽りだったかのような不安を手元に残されて、込み上げる熱のままに大河は力任せに傍らの塀を蹴った。

堪えかねる、と言って丈《じょう》は夜が明ける前に家出してしまった。音を上げた明信《あきのぶ》も、早朝龍《りゅう》の仕入れを手伝うと書き残して出て行った。

気詰まりもこれに極まるという居間から、勇太《ゆうた》と真弓《まゆみ》もとっとと飛び出す。

自分も連れて行けと鳴きながらバースがチェーンを張る音が、二人の胸を痛ませた。

「……大河《たいが》兄のあの顔、まさか秀《しゅう》がやったんじゃないよね」

明らかに誰かに殴られた跡を左頰に浮かせていた大河を案じて、勇太が跨《また》いだ自転車の後ろに飛び乗りながら真弓が家を振り返る。

「酔っ払いと喧嘩《けんか》したて、洗面所で言うとったで。秀と拗《こじ》れてむしゃくしゃしたんやろ」

「まさかますます険悪になって帰って来るなんて……慰めるために外に連れ出したんじゃなかったの？　大河兄」

「大河のことだけ責めてもしゃあない、おかしいなっとんのは秀の方や」

往来を掃いたりシャッターを開けたりしている商店街の店主たちに頭を下げながら、いつもの道で勇太は学校に向かって自転車を漕《こ》いだ。

「そうなんだけどさ……あのさ、勇太」

腹に両手で摑まりながら改まった話を切り出しかけて、真弓が口ごもる。

「おまえ、しゃべっとらんと単語帳捲れや」

「うん……」

最近毎日一時間早く起きて早朝補講に送ってくれる勇太の眠そうな声に、不意にすまなくなって真弓はポケットの単語帳を探った。

「ねえ、早起きしなくてもいいよ。学校までそんなかかんないし」

夜遅い日でもかまわず起きてくれるので、ここのところどう見ても勇太は寝不足で疲れている。

「ええねん」

「無理しないでよ。大丈夫、ちゃんと勉強してるから」

「ああ……けどそうやなくて」

片手でハンドルを握りながら頭を掻いて、真弓の心配に勇太は肩を竦《すく》めた。

「何？」

「最近結構、忙しなって。仕事場の方」

自転車のスピードを緩めて、朝一緒に早く出ることにした理由を勇太が話そうとするのに、開いたばかりの単語帳を真弓が閉じる。

「だから休まないと」

「せやないねん、最後まで聞けや。せやから忙しなって……俺やっと、おまえがなんで一緒に大学行きたい言うたんかわかったんや。今頃やけど」

随分前に終わった進路の話を、勇太は口にした。

「無理しても一緒におる時間作らな、どうにもならん。高校終わったらもっとひどなるやろし」

「……どしたの、ホントにいまさら」

蒸し返された真弓にとってはもう覚悟していたことなので、勇太の真意が今一つ飲み込めずキョトンと問いかけてしまう。

「ほんまのこと言うて俺、別にそんなんどうにでもなるて思っとったん。けどちゃうわ、やっぱり。話す時間ないと、考えんでええことも一人で考えてまうし」

部屋も同じだし、全く別々の進路を選んでもそのこと自体は何も問題はないと思い込んでいた勇太は、その浅はかさを恥じて真弓に告げた。

「やだな、一人で考えないでよ。今話して」

「せやから話してるんやないか」

シャツの裾《すそ》を引いた真弓のせっかちさに笑って、勇太が背を丸める。

「おまえが一緒に進学したいいうてたときは、こういうこと、ちゃんと想像してみんかった。そんでも大学には行かんかったとは思うけど、おまえの気持ちちゃんとわかっとらんかったから」

少し先のことさえ考える余裕のなかった自分を思い返して、腹を抱いている真弓の手を、勇太は摩った。

「詫《わ》びや。ちっとぐらいは無理するわ」

「……ありがと」

笑った勇太の気持ちを、素直に真弓が受け止める。背に寄りかかって、頬を真弓は勇太のシャツに寄せた。

「ちょっと、自転車止めて。歩いてもいい？」

「？　……ああ、かまへんけど」

後ろから乞われて、丁度街を抜けようとしていた自転車を勇太が止める。

学校へは向かわず地蔵尊の中に、真弓は勇太を招いた。

「おい、遅れるで。補講」

促されるまま自転車ごと、鬱蒼《うっそう》とした木に覆われた暗い敷地に勇太が足を踏み入れる。冷たい土と日差しを隠す欅《けやき》のせいで、真夏でもここと神社は涼しい。朝ならなおのことだ。

「今日はサボり」

「おまえそんなんばっかしやないか」

「ちょっとだけ、座って。俺も一人で考えてないで、勇太と話したいことがあるの」

改まって言った真弓に少し神妙になって、勇太は祠《ほこら》の階段に腰を下ろした。

「……多分、勇太も考えてること」

さっきも切り出しかけて言えなかったことを思い切って言おうとしながらまた惑って、真弓が口を噤む。

「秀のこと……なんだけど」

その名前を真弓が口にすると、勇太の顔つきが変わった。もちろん自分以上に勇太が秀を気にかけていることぐらいは、真弓もよくわかっている。

「このまま、言わないまんま?」

だから余計に、真弓はそれを言い出しにくかった。今もはっきりとなんのこととは言えず、曖昧に問う。皆まで言葉にしてしまって、やっと落ち着いた勇太に父親のことを蒸し返すのも辛《つら》かった。

ちゃんと、真弓が何を聞いているのかは察して、勇太が開いた膝《ひざ》の間で組んだ手元を見つめる。

「話さへんて、決めた」

顔を上げないまま、簡潔に勇太は答えた。

「……うん。もちろんわかってる、それは。だけど」

本当はきっと勇太も感じているその不安を、深めさせたりしないにはどう言ったらいいのかわからず、真弓が唇を噛む。

「誰が、秀に知らせるかわからないし」

春になろうとする遠い港町で、寒の戻りと言われた晩に勇太の実の父親が急死した。

「勇太以外の人から聞く方が、秀には辛いよ。多分、後になればなるほど」

その知らせは手紙で勇太の手元に届けられ、長く声も聞かないままほとんど捨てたように思っていた父親が死んだことで、勇太は苦しんだ。

「わかってる」

「……そうだよね」

頷いた勇太のきつく組まれた手に、右手を載せて真弓はそっと撫《な》でた。

真弓自身、勇太の父親が亡くなったことを知らずに、理由のわからない気鬱を溜《た》め込んでいく勇太に胸を掻き毟られる思いをした。そのときの自分の気持ちを思い返せば、今も理由を知らないままでいる秀の心中が察せられて辛い。結局なんだったのかと真弓も何度か秀に尋ねられていて、答えてやれないこともただ申し訳なかった。

「けどなんて、言うたらええんかわからん。あいつはきっと自分を責めよる。自分が会わせんかったて」

けれどそうして言えずにいる勇太の気持ちも真弓は、痛いほどわかっている。

「ごめん……まだ整理つかないのにこんな話して」

急いたことを悔やんで、真弓は勇太の肩に頬を寄せた。

「いや」

大切な自分の養い親を気にかけてくれたことに感謝して、勇太が小さく首を振る。

それきりお互い言葉がなくて、寄り添ったまま二人は高いところで鳴く蟬《せみ》の声を聞いていた。

欅の向こうからはこの暗さと程遠い、車の音が届けられる。

「秀がおかしいいん、やっぱり俺のせえなんやろな」

「大河兄のせいだよ」

溜息のように言った勇太に、おどけて、真弓は兄の名前を口にした。

「出し巻卵か？」

「そう、出し巻卵」

「あほな喧嘩や」

呆れて、ようやく勇太がくすりと笑う。

肩から見上げた恋人の笑顔に真弓も笑んで、不意に、肩に指をかけて唇で唇に触れた。

少し身を引いた勇太を止めて、朝にしては少し深すぎる口づけを長く交わす。

「……なんや、いきなり」

不意打ちに惑って、照れて勇太は口の端を上げた。

「だって」

自分からの深いキスに少し恥じて、真弓が俯《うつむ》く。

「……なんだよ。なんでなんにもしないの？」

家に戻ってもう幾日にもなるのにまだまともに触れてこない勇太に、下を向いたまま真弓は不満を告げた。

一瞬目を瞠《みは》って、小さく勇太が苦笑する。

掌で頬に触れて、勇太は真弓の顔を上げさせた。もう大分薄くなった顔の傷に、親指で触れる。雨に煙っていた神社の回廊で、勇太が真弓に負わせた傷だ。真っすぐに見てしまうと、今も勇太の胸は暗く滞る。

「……勇太」

「謹慎中や」

その傷を思うことを咎めた真弓に、眉を寄せて勇太は笑んだ。

「巻き添えじゃん、俺」

「ええやんか。受験生やろ、入試までお預けや」

「入試まで？　何カ月あると思ってんの？」

溜息をついて真弓が、勇太の胸に頬を寄せる。鼓動が、少し速いことに真弓は気づいた。けれど勇太の肌は汗が引いている。

雨の晩のことを思い返しているのだと悟って、温もらせるように、真弓は両手で勇太の背を抱いた。

「勇太」

鼓動のうえに、真弓が頬を寄せる。

「怖がんないで」

足りずに、真弓はシャツの上からそこに口づけた。

冷えた勇太の肌が、少し、熱を取り戻す。

「したなるから……煽《あお》らんでや」

髪を撫でて、さっき触れた傷痕《きずあと》に勇太は唇を落とした。

肌の内側にまで届くような深い口づけに、真弓の喉《のど》が反って指がきつくシャツの背を摑む。

「……秀に、なんて言ったらいいのか」

施されるものに溺れてしまいそうになりながら、勇太の耳元に、真弓は唇を寄せた。

「言わない方がいいのか、考えよう？　一緒に考えるから」

言いながら、自分たちだけで出した答えが間違わないのか、少し真弓には自信がない。ずっとそのことを考えている勇太も、それは同じだった。

「それまで、謹慎。二人で、ね」

「……せやな」

気持ちを引き戻すように音を立てて耳にキスをした真弓の腰を抱いて、勇太が頷く。

「考えなあかん」

声を張ろうとしながら難しくて、ただ確かめるように、勇太は小さくそう呟いた。


まだ祭りには一月以上間があるのに、隅田のこちら側ではお囃子《はやし》が響き、待ち切れない夏祭りの気配を充満させていた。匂い立つような川辺の緑が濃く、日差しが強い。

一瞬だけそれが緩む夕方の朱色の光の中で、階段を降りた川べりのベンチに背を預けている青年を見つけて、息を飲んで秀《しゅう》は足を止めた。何処かで見た、自分のよく知っている背だと目を凝らして、すぐにそれが勇太《ゆうた》であることに気づいて苦笑する。

けれど何故だか声をかけられず、ぼんやりと立ち尽くしたまま秀はまるで他人のように映るまだ見慣れない勇太の黒い髪を見つめていた。出会った少年の頃からずっと金髪のような色をしていたのだ。すぐには慣れない。友達とアルコールの残りで抜いたという斑《まだら》のある髪を秀は何度も黒くしようとしたけれど勇太は聞かず、少し黒髪が伸びると何処かで脱色を繰り返して、毛先はいつも死んだようにぱさついていた。

なのに自然と、勇太の髪は黒くなった。それが何かの証《あか》しだと思うほど秀も古い人間のつもりはなかったけれど、生まれたときに持たされたものの全てを憎むようなことを勇太はやめたのだと、不意に知らされる。

「……あれ？」

声をかけずに去ろうかと後ろを振り返って、道端に山下《やました》の屋号が入った軽トラックが停《とま》っていることに秀は気づいた。なら一緒に乗って来た誰かがいるはずではと辺りを見回しても、他に人の気配はない。

「なんや、秀やないか」

声が届いて、さすがに勇太も秀に気づいて椅子に寄りかかったまま振り返った。

「あ……ごめん」

「なんで謝るん」

「だって、仕事中だろ？　誰かいるんじゃないの？」

ジュースでも買いに行っているのかとキョロキョロと辺りを見回した秀に、勇太が気まずく鼻の頭を掻く。

「おまえこそ、今日面談行ってくれたんやろ？　えらい長かったな」

普段通らない場所に秀が現れたのは学校から出て来たからなのだろうとすぐに察して、話題を変えながら勇太は自分の左隣を空けた。

「もう、みっちり絞られたよ。就職決まってそっちが忙しいのはしょうがないけど、もっとちゃんと学校によこしてくれないと卒業できないって」

「行ってるがな……奇跡のように通ってるがな。俺おまえと高校だけは出るて約束したけど、三年になれるともほんまは思ってへんかったんやで？　ここまで来たらなんぼなんでも俺ももったいないいて思うから、ちゃんと卒業するて」

「……嘘ばっかり」

憎まれ口をきいた勇太に笑って、秀も隅田の風に髪を任せる。

「いつの間にかすっかり聞き分けのいい子になっちゃって、約束したこと破ったりあんまりしなくなった。きいてもらえないのは煙草くらいかな」

「約束してへんもん。禁煙」

首を竦めて口を尖《とが》らせた勇太が、不意に小さな少年に戻ったように見えて、秀は愛しさにそっと目を伏せて笑んだ。

「ところで、一緒の人は？」

「ん？」

「あれ、運転してた人がいるんでしょ？」

いつまでもここにいて保護者が一緒のところを同僚に見られては勇太が照れ臭いのではない

かと気遣って、秀がまた周囲を見回す。

「うん？　あー、まー、そのうち戻ってくるんちゃう」

「……もしかして、無免許運転？」

「え？　いや、ちゃうねん。缶コーヒー買いに……っ」

　はたと顔を上げた秀に慌てて身を引いた勇太の向こうに、飲み終えた缶コーヒーの上にご丁寧に煙草の吸い殻が載っていた。

「どうしてこういうことするの!?　こないだ工業の子と喧嘩して、すごく反省してたんじゃなかったの!?」

「すまんっ、俺かてこんなことしたないんや！　けど親方が無茶苦茶な人で、あのじーさん自分の免許も半世紀も前に失効してんねんっ。紙っぺらの古い免許金庫にしまってあるて言い張って運転しようとしよるから……っ」

「それがなに!?　無免許はどっちも一緒じゃない!!」

「せやからっ、他に運転できるもんがおらんで困ってるんや！　前に材料運んどったおっちゃん入院してんねん、なんとかヘルニアや言うて。俺が荷物運ばんとどうにもならへんねん!!」

　久しぶりに叩かれそうな勢いで秀に怒られて完全に気勢負けしながら、どうにもならないと勇太が首を振る。

「……もう、ホントに勇太には心配ばっかりさせられる。信じられないようなことするんだもん」

引き取ってからそういうことの連続だった頃を思い出して、疲れ果てて秀は溜息を吐いた。

「不肖の息子や」

ベンチの背に縋った秀の肩を叩いて、すまんと、小さく勇太が謝る。

「もうすぐ夏休みだし、ちゃんと免許取らなきゃね。仕事に必要ならしょうがないよ、僕が出すから」

けれど、三日の家出から戻って来てすっかり大人になってしまったと思っていた勇太に、まだ手がかけられることを、気持ちの何処かで秀は嬉《うれ》しくも思った。

「すまんけど頼むわ」

それを察して、勇太も抗《あらが》わずに甘える。

「大河《たいが》が行った教習所聞いておくね」

「違うとこにした方がええんちゃう?」

「……そうかも」

片眉を寄せた勇太に秀も頷いて、二人は笑った。

「また喧嘩したみたいやな、あいつと」

名前が出たところで、家族を相変わらず辟易《へきえき》させている二人のことを、勇太が尋ねる。

「別に、喧嘩なんて」

「口もきいてへんやんか。仲直りせえや、大人げないやっちゃな」

自分と真弓《まゆみ》もそんな風にしょっちゅう家の者に迷惑をかけているのを棚に上げて、自分の方が保護者のような口を勇太はきいた。

「だって、大河が口きいてくれないいんだよ。怒っちゃって」

「何がだってや」

子どもじみた声で返して来た秀に、肩を竦めて勇太が苦笑する。

「まあ、ええけど。そないな喧嘩できるようになったんやったら、一人前や。おまえらも」

「またすぐそういう生意気なこと言う」

「おまえらがガキみたいな喧嘩しとるからや」

くく、と笑って、勇太は煙草をポケットに入れた。

「……そんなことないよ。結構深刻なんだから」

「なら、俺がおまえに心配かけたせいや」

「なんで」

「とばっちりや、あいつ。出し巻ぐらいで」

それをすまなく思って、勇太が掌を返す。

「勇太……だったら」

何度も終わった話を唇に迷わせて、秀は顔を上げた。

「……そろそろ行かな」

少し涼しくなった川風に晒《さら》した髪を結い直して、勇太が肩を竦める。

「休んでただけだったの?」

「ああ、時々ここでサボっててんねん。なんや、気に入ってな。たまにそこらの小屋に住んどるおいちゃんが出て来て、煙草くれ言われるんがうっといけど」

きれいに設《しつら》えられている割りにいつもそう人気のないベンチの背を叩いて、勇太は秀に教えた。

気に入っていると、勇太が言った景色を秀も見渡す。澄んではいない川、高いところに雑多な町があって、何処からか遠く工場の高炉の音が聞こえる。

「大河が」

ここに座って勇太が思う場所が、何処なのかすぐに秀にもわかった。

「時々、百花園《ひゃっかえん》の縁台に座ってそんな風にぼうっとしてる。田舎みたいなもんなんだって」

疲れたときや煮詰まっているとき、苛立って消えた大河を捜すといつも、決まった縁台に座って決まった方向をぼんやりと眺めている背を秀は見つける。声をかけることもあれば、かけられずに帰ることもあった。

「勇太も?」

皆までは問わず、首を傾けて、同じ遠景を秀は探した。

「おまえはないん？　そういう場所」

否定はせず話も続けず、勇太が問いを返す。

「そういうたら聞いたことなかったな、おまえの昔住んでた場所かて東京にあるんやろ？」

高校を卒業するまで秀が老夫婦と暮らした場所の話を一度も聞いたことがないと気づいて、勇太は問いを重ねた。

「もうマンションになってるよ。おじいちゃん亡くなって、手放したから」

ここからそう遠くない実家を思い出して、秀が溜息を吐く。

「本当に、二人にはよくしてもらったんだけど。なんだかいつも僕にすまなそうで、お互い遠慮してて」

何処か借り物のような距離感は別れるまで癒《い》えず、その場所に帰りたいと秀が思うことは難しかった。

「……思いつかないなあ」

進学とともに京都《きょうと》に移って住居を一度は変えたが、どちらの部屋も秀にとって郷愁を誘われるものではない。

「勇太」

だから自分には察せられなかった勇太の気持ちがあるのだと、ふと、そのことを秀は知ってしまった。

「帰りたい?」

「何処へや」

ぼんやりと問いかけた秀に、腹立たしげに、すぐに勇太が問い返す。

けれどそのまま言い合いに持ち込んだりはせず、苦い息を吐いて勇太は解《ほっ》れた髪を掻き上げた。

「おまえ言うたやん」

「……何?」

「俺、去年岸和田《きしわだ》帰ってもうたとき。誰かのこと、ちゃんと好きになってくれて。こないだも、言うとったやろ? 真弓にちゃんと、そういうん渡してやれて」

「うん……」

不意にそんな話を始める勇太に、確かに自分が言った言葉を思い返して秀が首を傾《かし》げる。

「俺ずっと、そないなこと考えたこともなかってん」

慣れないことを言葉にする口はばったさから爪先《つまさき》を揺らして、長く勇太は息を吐いた。

「なんか、おのれが大事なもん持つとか。どっか帰りたなるとか。そんな人並みの気持ち、持てると思てへんかった」

それでも秀にその思いが伝わるように、早口に言い捨ててしまわず、ゆっくりと勇太が教える。

「それは……ここでいい出会いがあったから」

受け取らず、惑うように秀は首を振った。

「全部おまえに会ったとこから始まったことや」

「違うよ、真弓ちゃんがいい子だから。それにそれは勇太が自分で得たものだし、僕は何も」

手元を見たまま、独り言のように秀が呟く。

「僕は勇太に、何も」

「おまえ自分がなんもしてへんと思うてるんか？　怒るで、ほんま」

眉を寄せて、秀の不義理を勇太は強く責めた。

——このまま、言わないまんま？

この間からずっと繰り返し考えている真弓の杞憂《きゆう》が、また勇太の耳に返る。けれどろくに言葉を続けられずただ脅えを晒す秀に、やはり打ち明けることはできないと、勇太は目を伏せた。

「なあ、秀。冗談やのうて……やっぱり俺のせいなんやろ、大河とおかしな喧嘩しとるんも。こないだ、俺が工業の生徒どついたり家出したりして。参ってしもたんやろ？」

それなら秀も問い詰めようとはしないそれを、きちんと謝って終わらせる他ないと問いかける。

秀の肩が、びくりと揺れた。

「すまん。ちゃんと訳も言えんで。けど」

今まで勇太は、どんなに秀を怒らせても泣かせても、嘘をつくということはしないできた。

「訳なんかないんや。昔のこと、急に思い出して」

別にそう決めていた訳ではなく、幸運にもずっとそうする必要に迫られなかったのだ。最初から秀は、勇太という人間をある程度知っていた。

「あんな、大河が大事に育てよった真弓に触ってええんやろかとか、色々考えてしもて」

だから秀にだけは些細《ささい》な嘘もつかずに生きていくのかもしれないと自分が思い込んでいたことに、初めて養い親にあからさまな偽りを向ける重さを負いながら勇太は気づいた。

「おまえのお陰で俺大分まともな人間になったつもりでおったけど、帳消しにならんこと、沢山ある。それを思い出してしもたんや」

それでも互いの間にあるものや、紛れもなく大切な人である秀自身を守るために、嘘を通さなければならないこともあると知る。これがその最初の嘘で、もしかしたら誰かが自分にこういう嘘をつくことも、ついたこともあったのかもしれないと勇太は思った。いつも冷たい口ばかりきいていた、手放すときには清々すると言い捨てた本当の父親の、見えなかった横顔が今は少し気にかかる。ずっと、ただ憎しみとともにしまいこんでいたのに。

「心配かけて、ほんまにすまんかった。堪忍や」

その父親の頰を思い出すことができたのも、今秀のために嘘を口にしたからなのだと勇太は教えたかったが、言えずに、ただ頭を下げた。

疑いを隠せない気まずい間が、交わせない視線の透き間に落ちる。

「勇太」

最近はもう座らないと見えなくなった勇太の旋毛《つむじ》を眺めて、髪に、秀は触れた。

「僕……わかってるつもりだよ、今はよく」

いつの間にか自分を追い越した青年の自分のための嘘を、秀ははっきりと感じていた。

「勇太がどんな風に僕を、大事に考えてくれてるか」

追うなと、大河にも言われて、自分でも納得したつもりでいたことだ。何か胸にしまいこんだ言葉を、多分後ろめたさからではなく言わないと、勇太は決めている。

「二人で、築いて来た……ものだよね」

今度こそそれをそのまま受け止めなければならないと思いながら、惑いが、秀の胸を摑んだ。大事なことにずっと自分が気づかずにいたような、今も沢山のことに気づかないままでいるような不安に、摑まれた胸が潰されてしまいそうになる。

「そうや」

言葉に安堵してか自分を見守る勇太の目を、秀は見上げた。

「俺がこのままおまえになんも世話かけんようになったとしても、おまえは俺の親や」

自分には何もわからないままなのに、勇太だけが堪えている。自分のために。

「ボケたら介護もしたる。おんなしこと、なんべんも言わすなや。何処に帰るいわれたら、おまえがおるとこに俺は帰るで」

真っすぐに目を見つめて、勇太が一人で嘘を負っている。

「……ごめん」

答える言葉が見つからなくて、勇太の肩に、縋るように秀は言った。

「なんで……謝るん」

「ごめん」

もう一人前の大人の男のようになってしまった勇太の左手に、秀が触れる。

「なんやなんや、しょうもない甘えたやな。そんな真似できるんやったら大河にとっとと謝ってまえ」

照れて、勇太は秀の手をその膝に返した。

「浮気か勇太。何人おるんやおまえ、マブが」

それでも顔を上げない秀の頭上から、この辺りではあまり聞かない、勇太と同じ西の言葉が投げられる。

「またタイプの違う別嬪《べっぴん》さんで……けどわいは真弓ちゃんの味方やで。言い付けたるわ」

驚いて顔を上げた秀をまじまじと見て、背の高い肩に墨の入った青年が、呆れたように勇太を睨んだ。

「あほ、これはおとんや」

「何処の世界にこんなとこでそんな引っついてくるおとんがおるん。言い逃れも大概にせえ。傷ついた真弓ちゃん慰めて、浮気の仕返し手伝ったるわ。わいが。ああかわいそで涙出るわ」

「いてまうどヤスッ！　よう見いやっ、覚えとるやろ!!　秀や、秀！」

呆然としている秀の肩を起こさせて勇太が、ヤスにその顔をよくよく拝ませる。

「おまえも覚えてへんか、ヤスや」

「え……岸和田の？」

「そうや。こいつ大ポカやらかして、こないだこっちに逃げて来てん。大間抜けや」

立ち上がりながら憎まれ口をきいた勇太の足を、昔なじみの気安さでヤスは気軽に蹴った。

「お久しぶりです。勇太がいつもお世話になって……駄目じゃないか勇太、教えてくれないで。遊びに来てもらいなよ」

「え、ほなほんまにあんときの学士さんなん？　この人。こんな若かったんか」

眉を寄せて遠い記憶をなんとか辿《たど》って、思いだし切れずにヤスが頭を掻く。

「そら悪いことしたわ。あー、たまたま偶然会っただけやから心配せんといて。おとうさん」

両の掌を見せてヤスは、今は勇太と付き合いはないという素振りで、後ずさり駆け出そうとした。

「変な遠慮すんな、あほ。真弓かて怒っとったで、どんな誘ってもおまえがちっとも来いへんて」

「せやかて……なあ、なんや悪いやん。あの子真面目《まじめ》な学生さんやし。おとうさんかて」

「おまえかて今は真面目に働いてるやないか」

「働いてへん。今次の現場待っとるとこや」

ふらふらしていたところだと、両手を広げてヤスがそれを体で表わす。

「そうなん？　ほんなら、ひまなんやったら頼みがあんねん。ちっと軽トラ転がしてくれへん？　俺免許まだ持ってないんや」

「なかったかてできるやろ、運転なんか。したがなガキの頃かて」

「せやけどこの辺検問多いし、こいつがうるさいねん。すぐ怒りよる」

「当たり前だろ、無免許なんて。お願いします、夏休み中に教習所行かせますから」

「そらかまへんけど、教習所行くなんかもったいないで。本ちゃん一回でとってもうたらええやないか。一回目は必ず落ちるもんらしいけど、三回も行ったら貰えるで。わいがコツ教えたるわ」

「そうか？　そうやな、通うのもだるいし運転できへん訳やないしな」

「……教習所、行ってくれるよね。勇太」

早くもそちらに心を動かした勇太に、青ざめて秀は懇願した。

「……しゃあないな」

「なんや、弱いなおまえ」

秀に抗えない勇太を、少しの羨望《せんぼう》を込めてヤスが笑う。

「るっさいわ、ほっとけや。ほんなら、秀、俺ほんまそろそろ行くで。夕飯は賄《まかな》いもろて食うから」

「忙しそうだね、お盆前は」

「抹香臭い仕事や。ヤス、運転頼むわ」

「そしたら、おとうさん。運転はわいにまかして安心してください」

「お願いします。……あ、ヤスさん」

おどけた挨拶《あいさつ》をしながら勇太に連れられて行こうとしたヤスを、ふと、秀は呼び止めた。

少しの間が、川べりに流れる。

「岸和田の皆さん、お変わりないですか？」

高架の音に消されてしまいそうな声で、秀は尋ねた。

「……え？」

問われて、なんの口止めもされていなかったヤスが、どうしようもない戸惑いを晒してしまう。

「変わり、ないて聞いた。急がんと親方に殺されてまうわ、行くで。ヤス」

顔色を変えて、勇太はヤスの背を押した。

惑ったままヤスが、ちらと秀を振り返って頭を下げて行く。

その腕をきつく摑んで勇太が何か耳打ちしながら川の上に階段を上がって行くのを、呼び止めることもできず、川風を背に秀は見送った。

「秀《しゅう》」

もうほとんど日が落ちた川を眺めて、大河《たいが》は溜息混じりに秀を呼んだ。

けれど気づかずに秀が川面を見つめているのに、仕方なくベンチの傍らに腰掛ける。

「……大河」

いきなり右隣に座った大河に、驚いて秀は顔を上げた。

「さっき勇太《ゆうた》から会社に電話あってよ」

数日口をきいていなかった気まずさでそっぽを向きながら、ここを訪れた訳を大河が簡潔に語る。

「多分ここでおまえがぼんやりしてるから拾って帰れって」

頭上の橋を渡る人の足が早く、夕飯の支度をされる匂いが、そこここの家から流れてくる。家へ帰れと、町が人を押しやる時間だ。

「何やってんだろ、僕。もう夕ご飯作らないと」

「いいよ、別に。なんか考え事あんなら、いつまでもぼっとしてろ」

「いつまでもぼっとしててもしょうがないよ」

首を振って、けれどすぐに秀の腰も椅子から浮かない。

「……この間はごめん」

どうしても二人の間に距離を置く気まずさを埋めるように、秀は自分から謝った。

「何に、対して謝ってんだ？」

わざわざ勇太が会社に電話して来た理由の半分は仲直りをしろということなのだろうと大河もわかってはいたが、すぐにはその謝罪を受け入れられず問い返す。

「ごめん、ホントはよくわかってないのかもしれないけど、僕」

ごまかしても大河が納得しないことはわかって、秀は正直なところを明かした。

「でも、矛盾してるかもしれないけど君がどうして怒ったのかはわかる気がする。僕が、悪かったよ」

溜息混じりに秀が言うのに、恋人がまるでわかっていない訳ではないと大河が気づく。

この間はそんな風に怒鳴ってしまったけれど、ただでさえここのところ不安定な秀の情緒のなせる業だったのかもしれないと、大河は思うことにした。

「だけど……大河は怒るだろうけど、あのとき僕は本当にそうしたかったんだけどな」

「おまえが？」

「……よそう、また喧嘩になるだけだよ」

問い詰められたらちゃんとした答えは返せないと、首を振って秀が話を終わらせる。

あの晩の、閨《ねや》の中に自分を誘おうとした秀の必死な指先を、大河は思い返した。

——もっと近づきたいんだ。もっと側にいたい。

熱も持たない肌で、そうすることが近づくことだと信じたのか、秀の立てた爪の痕が今も大河の肌に残って疼《うず》いている。

自分の方を向かない秀の肩を、大河は左手で抱き寄せた。

「このぐらいでも、充分なんだろ。ほんとは、おまえには」

それならそれでいいんだと、最後までは言わずに、責めるでもなく大河が呟く。

「そんなこと、ないよ」

肩に寄って、曖昧に秀は首を振った。白い指先が、そっと肩先に触れる。闇に紛れて、自分からは滅多にしないキスで、秀はそっと大河の唇に触れた。

「……怒らないで」

「怒んねえよ。けど」

肩に縋った秀の背を、溜息と一緒に大河が抱く。

「訳とか、聞かないでよ」

縋る理由ははっきりと言葉にできるようなことではないのだと、秀は教えた。

「僕、いつも誰かといたくて」

代わりに、一人だと感じていた長い長い時間のことを、秀が口にする。

「ずっと必死だった気がする」

きっと大河もよく知っているのだろうそんな自分を、けれど己ではわかっていなかったのかもしれないと、秀は思った。

「でも……今ここにいたらちょっとだけ、一人って楽だって思っちゃった。勝手だね」

そうして、思いがけず自分を惑わせた感情を冗談めかして早口に、大河に教える。その惑いを、秀は指先に持て余していた。

「……俺だって一人になりたくなることぐらいあんぞ」

別に気負うような思いではないと、大河が秀の背を摩る。

「いっつも大勢で揉みくちゃになって一人で悩む場所もねえから、あの家。みんなあるだろ、きっと。明信《あきのぶ》はもちろん……真弓《まゆみ》だって、勇太だって。もしかしたら丈《じょう》にだってよ」

「僕、自分が一人になりたいなんて思わなかったもんだから」

くすりと、その当たり前さを知らなかった自分を秀は笑った。

「気がつかなかった、色々。ここ、勇太が生まれた街に似てるんだよ。何がって訳じゃないんだけど」

「港町だろ、あそこは」

一度だけ自分も訪ねた町を思い出して、秀の言葉に大河が首を傾げる。

「うん、でもなんか、似てるんだ。勇太はここが好きなんだって。さっきちょっと、ドキッとしちゃった。勇太がぼんやりここに座ってて。その後ろ姿が、ずっと似てないと思ってたんだけど」

それを声にするのを躊躇《ためら》って、秀は一瞬息を過分に吸い込んだ。

「勇太のお父さんに、そっくりで」

ひくりと鳴った喉が、無理に、その言葉を吐き出す。

「いつもね、怒って話を聞いてくれなかったんだけど。最後に……僕に勇太をくれるって、言った日に。アパートに訪ねて行ったらいらっしゃらなくて、港に行ったらね。こんな風に海の方を向いて座って」

多分故意に、忘れようとしていた遠い日を、秀は思った。

「あの日だけ酔ってなかった」

何度瞳に映しても、その背だけが勇太に重なる。移したように。

「勇太は」

紛れもなくあの場所が勇太の故郷だということを、普段自分は考えないようにしていたのかもしれないと、突然手紙が届いた日の動揺を秀は胸に返した。

「帰りたかったこともあっただろうね」

違うと、大河に言って欲しくてこんな話をしているのだろうかと、自分を疑う。

「僕は自分に帰る場所がないもんだから、わかってあげられなかった。そういう、普通の気持ち」

自分の中にある尺度を、誰かに当てはめることは酷く難しいと、いまさら秀は思い知った。自分の中の計りには、人と同じ目盛りが刻まれていない。そして多分人も、そのことを知っている。

けれど人並みというものをよく知るようになった最近まで、自分自身ははっきりとその目盛りがないことを知らなかったのだと、秀は血が引いていくような思いで手元を見ていた。

「……どうした、秀」

虚ろに手元を見ている秀の瞳を、背を屈《かが》めて大河は覗《のぞ》いた。

「何がそんなに引っかかってんだ？　去年、勇太が岸和田帰っちまったときだって、おまえもうちょっとちゃんとしてただろ」

ここまで大河は、秀の様子がおかしいと思いながらも理由がはっきりしているような気がしていたし、何より、秀はちゃんと自分たちの側にいると、まだ信じていた。なのにいつの間にか、秀の眼差しの先が見えなくなり始めている。

「ちゃんと？」

そんな自分は思い当たらないというように、秀は首を傾けた。

「しっかり……してたよ。勇太のこと信じてた」

食が細くなって倒れるかと思うほど窶《やつ》れたけれど、気持ちは真っすぐ勇太の方を向いて待っていた秀を大河が手繰り寄せる。

「なんか、勇太のこと信じらんねえような、不安なことがあんのか？」

問いかけた大河に、激しく秀は首を振った。

「勇太は、もう大丈夫」

今は誰にでも納得のできることを、秀が大河に告げる。

異存は、大河にもなかった。

「じゃあ……おまえが大丈夫じゃねえんだな？」

もっと早くから、そのことばかりを考えている秀を強く気にかけてやればよかったと悔やんで、大河が色の薄い髪を抱く。

「ううん、大丈夫。大丈夫だよ。それは」

「秀」

「少しは参ってるけど」

無理に言葉を吐き出そうとする秀の背を大河は宥めるように摩ったけれど、きかず、秀は最後まで声にした。

「どうしても飲み込めねえことがあんなら、せめて俺に話せよ。無理に納得しようとすんな」

「……なんか微分積分思い出す」

「なんだよそれ」

「何がわかんないのかがわかんない。数学得意だったのに、あれだけどうにもなんなくて文系選択したんだ。僕」

「ふざけてんのかよ。秀」

冗談めかすでもなくそんな話をする秀に、苦い息を吐いて大河が眉を寄せる。

「ふざけてないよ」

肩に額を寄せたまま、俯いて小さく、秀は溜息を落とした。

「どうしても……僕にはわからないことが、あるみたいだ」

「……どんなことだ？」

「わかんない」

髪を梳《す》いて聞いた大河に、力なく秀が首を振る。

「わかんないままで、いたくないのに」

頼りない声は風に攫われて、続きを告げないまま掠れた。

他にしてやれることが今は見当たらなくて、大河の指がただ秀の髪を撫でる。俯いたままでいる秀の額に、子どもにするような口づけで大河は触れた。

花火だ、祭りだと夏の色が濃く漂って、夏休みを前に町が浮足立つ。子どもたちははしゃいで、叱《しか》る大人の声も大きく響く頃だ。長い休みを前に、大人たちは辟易《へきえき》している。

「おなかすいたー」

近所の台所から上ってくる夕餉《ゆうげ》の匂《にお》いに我慢できなくなって勉強中の二階から降りた真弓《まゆみ》は、台所の敷居を何も考えずに跨《また》いだ。

テーブルについて何か手紙のようなものを読んでいた秀《しゅう》が、少し強ばった顔を上げてぱさりとそれを畳む。

「あ、もしかして仕事してた?」

「ううん、誰かがおなかすいたって言い出すの待ってた。もうほとんど支度できてるよ。勉強進んでる?」

笑って秀が言うのに真弓はほっとしたけれど、何か不自然に手元が隠されているように見えて気になった。

「今のところ手応《てごた》えナシ」

「まあ、本番は夏休みだからね」

その手元のコップを、秀が流しに片付ける。家ではあまり嗅《か》ぎ慣れない匂いが一瞬真弓のところまで届いて、秀が洗い流しているコップを真弓は見つめた。

「……手伝う。ってゆうか、もう少しお手伝いしようかな。俺。なんにもしてないし、家の中のこと」

「お風呂洗ってるじゃない。それに受験まではなんにもしなくていいから、本当に。勉強だけしてなさい」

「秀だってするじゃん、気分転換。ねえねえ、なんかさせて」

「ええと」

刻むだけの薬味と、揚げるだけのカツを眺めて、どちらも触らせられないと秀が悩む。

「じゃあ、小皿とお箸《はし》出して」

「そんだけ?」

「後は受験が済んでから」

不満そうに聞き返した真弓に、くすりと秀は笑った。

「そしたらさ……ケーキ、真弓が焼こうかな」

「え?」

「二周年お祝いだよー。忘れてたの?　ひどい」

「そっか……もう夏休みだ。でも、お祝いなんて」

ぼんやりと、呟いて秀が目を伏せる。

「秀？」

顔を覗くようにして名前を呼んだ真弓に、秀が伏せた瞼を上げた。

「真弓ちゃんケーキ焼いたことあるの？」

「ないよ」

もういつもと変わらない秀に惑わされたような気持ちになりながら、真弓が答える。

「ホットケーキも焼いたことない。火の側とか絶対駄目って、志麻《しま》姉と大河《たいが》兄が。中学校の三年生までお湯沸かしても怒られたんだよ。過保護で呆《あき》れるでしょ」

わざと明るく大仰に、真弓は言い立てた。

「はは……それだけ大事にされたんだよ。ケーキは僕が焼くね、ちょっと練習しなくちゃ」

油の温度を見て揚げ物を揚げながら、とてもオーブンには触らせられないと過保護の側に並んで秀が首を振る。

「もー、なんでみんな真弓のこと信用しないの？」

文句を言いながら小皿を出して、食器棚の中にずっと置いてあった青いきれいな瓶《びん》に、真弓は気づいた。貰《もら》い物はみんな始末してしまうけれどこれは瓶がきれいだからと言って、随分前にここに秀が入れたものだ。

「秀」

ずっと誰が触れた様子もなかったのに封が開いて、いつの間にか量も半分以下に減っている。

「これ……前に誰かに貰ったたって言ってたやつだよね」

顔を近づけると、さっき確かに嗅いだ強いアルコールが匂って真弓は噎《む》せた。

「……熱……っ」

問いに答えず秀が、指を押さえて屈《かが》み込む。

「どうしたの!?」

「油跳ねた、こっち来ちゃだめだよ」

駆け寄ろうとした真弓を掌《てのひら》で制して、秀は揚げ物を油から上げてしまうと一端火を止めた。

「氷、取るね」

言われたとおり何もできずに立ち止まってしまった真弓が、水道の蛇口を捻《ひね》った秀に慌てて氷を渡す。

「大丈夫？　痛い？」

「平気、ちょっと跳ねただけだから」

笑っている秀はいつもと何も変わらないように見えて、真弓は尋ねかけて途切れた問いを続けたものか躊躇《ためら》った。

「秀」

けれどこの火傷《やけど》もコップの中身のせいなのではないかと不安になって、放ってはおけなくなる。


「お酒、飲むの？」

問いが喉《のど》の奥に留まろうとして、嫌な感触に噎せながら真弓は聞いた。

「……たまにね。飲んだ方が原稿進むこともあるんだよ」

さらりと答えた秀は、少しも酔っているようには真弓には見えない。

「今も、飲んでる？」

「ちょっとだけ。仕事、進まなくて」

「……よく、ないんじゃない？　せめてお夕飯食べてからにしなよ」

「たまたまだよ。いつもはこんなことしないから」

「だけど」

不安に胸を摑《つか》まれて秀の火傷を追いながら、真弓はそれ以上咎《とが》める言葉が出ずに口ごもった。

話してみると特別、秀は様子がおかしいようでもなかった。受け答えもまともだし、よくそうしているようにぼうっとして集中力が散漫になっているでもない。

「真弓ちゃん」

呼びかけられて、どうしようもない緊張を真弓は纏《まと》った。油断してしまったこの間に、秀に問い詰められるのではないかと身構える。多分ずっと秀が気に病んでいる勇太《ゆうた》のことを、問われても自分が答える訳にはいかない。知らないと、秀に嘘《うそ》をつき続けるのも辛《つら》い。

何より、今の秀に言ってやれる言葉を何も持たないことが、真弓はただすまなかった。

「心配……させてる？　僕」

けれど秀は、真弓を困らせるようなことを、何も問いかけはしない。

「大丈夫だよ、真弓ちゃん。ありがとう」

いつもと変わらずにただやさしく笑んで、火傷の上に油を塗った。

その笑顔が酷《ひど》く遠くて、真弓は何も返せず立ち竦《すく》んだ。

「小皿と箸、向こうに出してくれる？」

「……うん」

乞《こ》われて頷《うなず》く他なくて、支度されたものを真弓が居間の飯台に運ぶ。

何もおかしいところはない、大人が酒を飲むことぐらい普通だと己に言い聞かせながら、そう胸に繰り返すごとに何かを酷く疑っている自分を真弓はごまかせなかった。

「ただいま」と、玄関から二つ声が重なって、大河と勇太が帰宅したことを知らせた。

居ても立ってもいられない気持ちになって、真弓が玄関に走る。

「なんや、お出迎えか」

「そこで勇太と一緒になったんだ。明信《あきのぶ》と丈《じょう》は？」

靴を脱ぎながら外の疲れを玄関先で落とそうと、大河と勇太は背を丸めたまま首を鳴らした。

「二階。あのね、大河兄」

「なら久しぶりに夕飯に全員揃《そろ》ったな」

「大河兄、ちょっと……相談したいこと、あるんだけど」

開けっ放しの玄関から隣の豆腐屋の店じまいの音が聞こえて、それが最近の帯刀《おびなた》家の夕飯の合図だった。

「なんだ？　進学のことか？　そういやこないだ秀が勇太のことで学校行ったっつってたけど、おまえはいいのか」

「ええと」

ちらと勇太を見て、今何もかもを話す訳にもいかず真弓が口ごもる。

「……どないしたん？　なんかあったんか？」

少し真弓の様子が落ち着かないのに気づいて、上っ張りを脱ぐ手を止めて勇太が聞いた。

後ろから、「ご飯だよ」と家中に響くいつもと変わりない秀の声が響く。

「うまく言えない。とにかく後で」

秀の声を聞いて勇太の顔を見たら何を大河に相談しようとしたのか見失ってしまって、真弓は首を振った。

「……秀のことか？　それなら俺も、おまえらに聞きたいことが」

「ご飯、終わってから」

心配げに大河に顔を覗《のぞ》かれて真弓が、上から明信と丈が降りてくる足音に助けられてその場を離れる。

「うお、トンカツだ。オレソース派」

食卓に並んだ温かい御菜に歓声を上げて、調味料を確保しながら丈が席に着いた。

「僕は醬油《しょうゆ》」

「カラシとマヨネーズとソースの合わせ技がうまいんだよ」

「マヨネーズ？　なんにでもかけとると太るで」

手を洗う者、飲み物を用意する者としばらくがやがやして、すぐに全員が飯台を囲む。

「いただきまーす！」

「いただきます」

ばらばらと揃わない声が重なって、ほんの何分か、一日のうちで居間がもっとも静かな時を迎えた。

「……秀」

けれどちらちらと秀を気にして食が進まない真弓が、ぼんやりとナイターを見ている秀の横顔に呼びかける。

「……え？　あ、なに？　真弓ちゃん。何か足りない？」

「ううん、秀は食べないのかなと思って」

「みんなが少し落ち着いたところでゆっくり食べるよ」

問いかけた真弓に、秀はお茶を手にして笑った。

「朝、そうしてるのは知ってたけど。お夕飯はずっとみんなと一緒に食べてたじゃない」

少し窶《やつ》れた頬《ほお》を気にして、真弓が問い詰めるような口調になる。

「秀」

その言葉に、手首に骨が浮いたようになっている秀の腕に気づいて、大河は顔を顰《しか》めて秀を呼んだ。よく見ると秀は、自分の前に箸も置いていない。ここのところみんな時間がバラバラで、誰か自分以外の家人と夕飯を取っているのだろうと思い込んでいた大河は、食が細くなっている秀に今の今まで気づかなかった。

「悪い癖だ、おまえ」

様子の明らかにおかしい秀を気にかけながらそんな風に細るまで放っておいた自分が腹立たしくて、大河が語気を強める。

「後で食べるよ」

「自分の体のことに無頓着《むとんちゃく》過ぎるんだよ」

まるでそうする気のない横顔に堪えられなくなって、大河は飯台に手をついた。

「大河兄、怒んないで」

俄《にわか》に腹を立てた大河の袖《そで》を引いて、真弓が宥《なだ》める。

「……夏バテしちゃって」

「食えよ。食わねえと余計にバテるだけだぞ」

「うん……ちょっと、忘れてただけなんだよ」

言い訳にもならないことを言って、秀は箸を取りに台所に立った。

「忘れてたってなんだよ！」

ごまかそうとした秀の残した言葉は余計に許し難くて、大河が声を荒らげてしまう。

「大河兄ってば」

「自分のこともちゃんと大事にできねえからおまえは……っ」

そうやって時折どうでもいいもののように自分を扱う秀が、彼に思いのあるものにとってどれだけ苦痛か秀自身が考えもしないと思うと、ここにあるものが何一つ変わっていないかのような失望を大河は味わわされた。

「大河兄！」

言い立てたところで明日も何も変わらないのだろう秀にそれでも声を荒らげた大河を、叫んで真弓が止める。

台所との敷居の上に立って、困ったように、秀は大河の言葉を聞いていた。

「……大事に、できないから？」

立ち尽くしたまま、秀がぼんやりと大河に問い返す。

「だから、僕は？」

「ちゃんと、食うやろ？　な」

当てのない続きを継ごうとした秀の背を、立ち上がり勇太が押した。

「仲直りしたばっかりで、また喧嘩《けんか》すんなや」

「……悪かった。つい、カッとなって」

秀を席に着かせた勇太に乞うように諫《いさ》められて、皆の手が止まっていることにようやく気づいて大河が浮いた腰を落とす。

首を振って、思いがけず上がった怒気を逃がすように大河は長い息を吐いた。

「ゆう、た」

箸を持ったまま食事に手をつけずに、何故だか独り言のように響く声で、秀が勇太を呼ぶ。

「なんや」

「おじいちゃん、欲しくない？」

唐突に秀が勇太に投げた問いかけに、やっと再開した食事に皆噎せて仲良く吐き出しそうになって悶《もだ》えた。

「なんの話や、一体」

「秀の親父さんってことか？　い……いた訳？」

露骨に怪訝《けげん》な顔をした勇太の向かいで、丈が単純な回路で問いかける。

「え？　ああ、そうじゃなくて。今日、大学時代の恩師から手紙が来ててね。僕を養子にしたいって……書いてあって」

「なんやそのすっ頓狂な話は」

顔を顰めた勇太の言葉どおり突然頓狂なことを聞かされて、堪えられず丈と明信は口の中のものを喉に詰まらせて飯台に縋《すが》った。

「そんなに、目茶苦茶な話でもないいんだけど」

「何処《どこ》がだよ」

呆然《ぼうぜん》と固まっていた大河が、激昂しないように堪えながら身を乗り出す。

「奥さんも子どももいない人だから、後継者が欲しいってことなんじゃないかな。先生が研究してた国語学、僕も年に一回今でも論文書いて学会誌に投稿してるし。時間なくて断り続けてるけど、講義を持って欲しいって時々依頼が来るから」

「院も出てねえのに講師だなんて、客寄せだろ。小説の方で少し名前が売れてるOBだから」

「学部の方はそういうつもりだろうけど、先生は僕の小説なんか読んでないよ」

苛々《いらいら》と言った大河に、何を思うのかさっぱりわからない声を秀は聞かせた。

「どう？　勇太」

「どうて……」

問われて、困惑を露《あらわ》に勇太が縋るように周囲を見る。

「しっかりした人で、いい人だよ。なんでも相談できるし」

「もう……そんなんどう考えても目茶目茶やろおまえ。聞いてられへん」

漠然と腹が立って席を立ちたいところだったがそうもできずに、堪えて勇太は飯台に肘《ひじ》をついた。

苛立ちが沸点に達しかけている大河も、何から問い詰めたらいいのかわからない。

「おまえ、自分の仕事はどうする気だよ」

「……うーん」

「京都《きょうと》へ戻るつもりなのか？　大学に戻って来て欲しいってことなんだろ、つまりは」

「え？　あ、そうか。そういうことになっちゃうのか。違うんだ、養子にしたいなんて言われて舞い上がっちゃって」

具体的なことは何も考えていなかったというように、慌てて秀は首を振った。

「秀……」

「秀さん」

誰ともなく口々に、溜息《ためいき》のように秀を呼ぶ。

困惑と、どうしようもない失望がその声に滲《にじ》んで、それはただ手元を見ているような秀にも伝わった。

「いい加減にしろよ、なんで舞い上がるんだよ。何が嬉《うれ》しいっつうんだよ」

もう抑えていられず、掌で大河が飯台を叩《たた》く。

「じいさんにばあさんに父ちゃんに母ちゃんに、息子に娘に兄貴や弟や。あと何がいたらおまえは満足なんだよっ、犬か猫か!!」

「……言い過ぎだよ、大河兄」

同じような失望はあったけれど今にも秀に摑みかかりそうな大河を諫めて、真弓がその肩を両手で摑んだ。

「秀」

憤る兄の腕を捕らえながら、力無く、真弓が秀に呼びかける。

「何処にもいかないで」

乞われて、自分がどんなことを言ったか初めて知ったように、秀は小さく首を振った。真弓の言葉に思いを預けて、皆真っすぐに秀を見つめる。

「……ごめん、僕」

右の掌で、虚《うつ》ろな目を秀は覆った。

「何も考えないで、酷いこと言った……」

呆然と、自分が吐いた言葉を嚙《か》み締めるようにして、背を屈める。

「ちょっと、頭冷やして来る。明ちゃん、悪いけど後片付けお願い」

「それは……でもだったら、誰か一緒に」

そのまま立ち上がった秀を一人で出すことを案じて、暗に勇太を促すように明信は目線を送った。

けれど勇太も強《こわ》ばった頬で、どうしたらいいのかわからずにただ秀を見上げている。

「大丈夫」

見覚えのある顔で、秀は笑った。

「一人にさせて」

それは初めて出会った頃の、遠い笑顔だった。

身じろぎもできず秀の出て行く音を、皆見守る。

「……追いかけなくて、平気？　僕、様子みてこようか？」

覚束無《おぼつかな》い足音が不安で、明信は戸口の方を見たまま言った。

誰からも、答えは返らない。

「なんか……参るな。ショックだ、オレ。もう全然家族だって、思ってたのによ。あんなこと言い出すなんて」

「すまん」

大きな背を丸めていつでもストレートな気持ちを明かした丈に、居たたまれなく勇太は頭を下げた。

「おまえが謝ることじゃねえだろ。おまえだって……ショックだっただろ」

「けど、あいつがワケわからんようになっとんのはきっと俺のせいやし」

「真弓」

背で、秀の微《かす》かな足音が家を離れて行くのを聞きながら、大河が真弓を呼ぶ。

「さっき言ってた、話ってなんだ」

一際心配そうな真弓の話が、今の秀の様子に無関係ではないと悟って、大河は聞いた。

「うん……でも、あの」

皆の前でするのを躊躇《ためら》って、真弓がちらと他の三人を見回す。

「後がいいか」

「うん。ごめん」

それきり誰も言葉を継がず、ただ押し黙って砂のような重い感触の夕飯を片付けた。


さっきしまったばかりの豆腐屋が、明日の仕込みのための水を出している。この、冷たいところを細く通っていく水音は一晩中止まず、大河《たいが》はよそに泊るとこの音が恋しくなって中々寝付けない。普段ほとんど耳につかないその水音を、自室の文机《ふづくえ》に頬杖《ほおづえ》をついてぼんやりと大河は聞いていた。

その水音を遮《さえぎ》って、どう叩いても締まりのない音のする襖《ふすま》が、軽く二度叩かれる。

「真弓《まゆみ》か？」

「いや、俺や」

来るころかと振り返った大河に、憚《はばか》るようにしながら勇太《ゆうた》が襖を開けた。

「ええか？　ちょっと」

「ああ……秀《しゅう》はまだ、戻ってねえのか？」

「まだみたいやな」

「夜半から雨だっつうのに。真弓は？」

「今風呂や」

人数が多いので誰かが上がったらすぐに次のものが入らないと回り切らず、勇太は今真弓と替わって来たところだと教えて、濡《ぬ》れた頭をタオルで拭《ふ》きながら部屋に足を踏み入れる。

「風邪引くぞ」

甚平の下しか穿《は》いていない勇太に、少しも頭に入らない読みかけの投稿原稿を閉じて大河は向き直った。

「真夏やで、年寄りやあるまいし」

慣れない大河の部屋を所在無く見回して、真ん中に勇太が胡座《あぐら》をかく。

「仕事部屋やな」

「これでも京都にいる秀から原稿取ってた時よりは家にいる時間増えたんだぞ。会社に泊って、来ないファックス待ちながら一晩中二時間おきに電話したりしてよ」

向き合って大河も、畳の上に胡座をかいた。

「そういや月にいっぺんそういう時期あったな……あいつ電話前に正座して頭下げたりしとったで。大変やな、あんたも。仕事も忙しい、弟らもおって、おまけにあいつはああや」

長く季節の話を続けるような真似はせず、髪を拭《ぬぐ》う手を止めて勇太が本題に入る。

「……まーた訳のわからんこと言い出しよったな、秀」

「振り出しに戻ったような気分だよ、俺は」

最初のころの、いや、もっと前の秀にまた会っているようなやり切れなさに、最近本数の増えた煙草《たばこ》に大河は手を伸ばした。

「ったく、どうしちまったんだか……」

湿気《しけ》ったライターを苛々と何度も鳴らして、きつい煙を大河が胸に吸い込む。

「俺のせえや」

「おまえのことが原因かもしんねえけど、おまえのせいじゃねえよ」

それだけきっぱりと言って、大河は煙草を一本勇太に差し出した。未成年者だし保護者である秀ももちろんいい顔をしないので、普段なら大河も勇太の喫煙を容認したりはしない。

右手を軽く立ててそれを引き抜いた勇太の指の先の煙草に、今度は一度で、大河は火を灯《とも》してやった。

立てた右膝《みぎひざ》に肘をついて濡れた髪を耳にかけながら、深く胸に入れた煙を勇太が吐き出す。

「あんたに、聞いといてもらいたいことがあんねん」

迷いを払い切れず、ようやくそれだけを勇太は言った。

「なんだ」

いつになく深刻な勇太に、急《せ》かしはせず大河が問い返す。

けれど本当は大河もここ数日、何を言わずに隠しているのか勇太に問い詰めたい気持ちを必死で堪えていた。秀が自分を見失っている原因は、彼自身の言うとおり勇太の側にあることに間違いはない。それでも、やっと落ち着いた勇太を問いただすような真似《まね》もしたくはなくただ大河は堪えていたのだ。

「俺に来た手紙のこと、秀が気にしとったやろ。覚えとるか?」

「ああ……岸和田からの」

問われて、工業の学生に重傷の怪我《けが》を負わせたと勇太が告白した日に、岸和田からの手紙を見せてくれと秀が言い出したことを大河は思い出した。

「おとんが死んだて、知らせやった」

躊躇《ためら》いを押しのけて小さく勇太が告げるのに、すぐには言葉が出ず大河が目を瞠《みは》る。

「……いつ」

「春先や。冬の終わりいうたかな、手紙が来たんは五月になってからやけど。向こうもどないしよか迷ったらしくてな。法律上はなんも関係ないおっさんやし、俺があいつが自分のほんまのおとんやなんて思いたなかったて、みんな知っとったから。せやからあんたも、そないな顔せんといてくれや」

悼《いた》むような目で何も言えずにいる大河に、大仰に勇太は手を振った。

「けど、な」

「そら、俺かて思たよりは参った。それでおかしなってしもたようなもんやし」

「なんで話さなかった。そんな大事なこと」

「……自分のおとんやて、認めたなかったんや。誰にも言いたなかった」

「秀にもか？」

「教えてへん。あいつには、教えたないんや」

「そういう訳にもいかねえだろ、おまえの気持ちもわかるけど」

「わかっとる。けど」

まともな大人の判断からするとそれが当然なのかといまさら知って、眉《まゆ》を寄せて勇太が煙草を噛む。

「いつからかわからへんけど、負い目に思うとるんや。あいつ」

「何を？」

「引き取ったきり、俺をおとんにいっぺんも会わせへんかったたって。けどこれはほんまのこと言うて、俺が会いたなかったんや。アル中で、どうしようもない親父で、俺認知もされとらんかったし。あいつにどつかれ通しでおかんがおらんようになったときは、殺してまおかて思たぐらいで。去年岸和田行った時も、港で酔っ払っとるとこ見かけたけど声はかけへんかった。あれが最後になってもたけど……別に後悔もしてへん」

嘘はないけれど、最後の言葉にだけ少しの無理が、どうしようもなく覗いた。

「……勇太」

慰めも憐れみも拒んでただ勇太が事実を告げるためだけに話していると悟って、大河も名前を呼びかけることしかできない。

「ただ秀は、自分が臆病《おくびょう》んなって俺を帰さんかったて、思っとる。手紙の来た朝にな、そないなこと言うとった」

自分にとっては思いもかけないことだった秀の言葉を耳に返して、勇太は苦い息を漏らした。

「なんやろな。俺考えてもみんかったけど、あいつ最初は、学校出し終えたら俺のこと親に返すつもりやったんやろか」

「そういう気持ちは多少あってもおかしかねえよ。ほんとの……親がいるんだったら」

どうしても声が秀を責める勇太の気持ちもわかって、小さく大河が声を添える。

「そんなん、俺のこと馬鹿にしとるわ。俺の気持ちはどうなんねや」

「そうだな」

抑え切れない勇太の憤りはもっともに思えて、大河は頷いた。

「だけどあいつは結局おまえのこと返しそびれて、返したくなっちまったんだろ」

「せやから……」

それはわかっていると、疑わずに勇太が先を続ける。

「あいつには言わへん。自分がそうやって、会わせへん間におとんに死なれたて自分のこと責めよるやろ。さらっと、俺が最初に言うてしまえたら良かったんかもしれんけど」

そうすれば秀も、ショックは受けるだろうけれど蟠《わだかま》りを残さずに済んだのかもしれないと、勇太は悔やんだ。

「滅入《めい》ってしもたとこ、見せてもうたし」

けれどそのときは、勇太も自分を見失っていた。

打ち明けられてようやく大河にも、長い勇太の迷走の訳が知れる。それを言えずにいた勇太が辛くはあったけれど、訳を知って安堵《あんど》したのも事実だった。

「もう言われへん。あいつますますおかしなってまうわ。けど……なんや気いついとるような気いするんや。おっかなくて、目え見られへん」

確かに勇太の言う通り、今それを告げられて秀がまともでいられるとは大河にも思えない。

ただでさえ秀は、酷くバランスを失っている。もしかしたら危惧《きぐ》の通り、気がついてしまっているのかもしれないとも思えた。

「……どうしたらええ？　大河」

考え込んだ大河に、勇太が問う。

もう勇太は充分苦しんで、それでも秀のためにしてやれることを見つけられずにいると思うと、末の弟と同い年のはずの青年の背の張りが大河は切なかった。

「大河兄、入っていい？」

その末弟の声とともに、閉じていた襖が再び開く。

「勇太……いたの」

部屋の真ん中に恋人が片膝を立てて座り込んでいるのを見つけて、真弓は躊躇《ちゅうちょ》して敷居の上で止まった。

「俺がおったらできん話か」

問われて、考え込むように真弓が襖に濡れた髪を寄せる。

「コーラ、持って来た。煙いよ、この部屋」

それだけ言って笑うと、胡座をかいている兄の手元と勇太の手元に、真弓はコップを置いた。

「おまえの分やろ」

「半分でいいよ」

「……な、秀の話なんやろ。そしたら俺、おってもええか」

隣に腰を下ろした真弓に、もう一度勇太が問う。

「今、大河におとんのこと聞いてもらっとった」

「お父さんの、こと？」

「おまえにもいてもらおかて思うたんやけど……弱なってしまうから」

不義理を詫《わ》びた勇太に首を振って、真弓はそっと勇太の手を繋《つな》いだ。

「おまえも知ってたのか、真弓」

「……うん、勇太の岸和田のお友達から無理やり聞き出したんだけど。でも、なんかちょっとほっとした。大河兄が知っててくれるなら、なんか」

自分たちだけでその秘密を胸に溜《た》めていた心細さから少し解かれて、まだ兄に負うところが多い自分を、真弓が勇太にすまなく思う。

「そう、思て話した。秀がどないかしてしもたとき、大河が知っとってくれんと……不安やから」

同じ心細さを、惑わず勇太は教えた。

俯《うつむ》いて勇太の手を摩《さす》りながら、その話を勇太の前ですることをまだ真弓が迷う。

「もう、結構……大丈夫じゃなくなっちゃってるよね。秀」

勇太の気持ちに触らない言葉を探しながらそれは難しくて、真弓は躊躇《ためら》いながら口を切った。

「大河兄」

「どうしたんだよ、おまえがそんなに言い澱《よど》むなんて」

「秀、お酒飲む？」

先を乞われて、俯いたまま一息に真弓が問う。

「ああ……付き合い程度には」

「どのくらい？　お酒が好き？」

重ねられた問いに、勇太の顔色が変わった。

「どのくらい飲んでたら……普通じゃない？」

平静を無理に保とうとしながら聞いた真弓の問いには答えず、秀を探そうとして大河の腰が浮く。膝がコップに当たって、満たされていたコーラが畳に零《こぼ》れた。

「待って、大河兄」

慌てて、真弓が大河の腕を掴む。

「……何も、おかしくなかった。普通だったよ、秀。全然、酔ってもいなくて」

けれど言いながら、真弓の声が明らかな怯《おび》えに震えた。

「コーラ、零れちゃった……」

力を緩めた大河の腕を放して、自分の髪を拭っていたタオルで真弓が畳を叩く。

「何を、どのくらい飲んでた」

「わかんない。ずっと、台所の棚に飾ってあった青い瓶のお酒……今日のお夕飯の前に秀が飲んでて。仕事が進むことがあるからって、言ってたけど。さっき言ってた大学の先生の手紙読んでた気がする」

「今日初めて気がついたのか」

「うん」

「どのくらい減ってた。瓶の中身」

「半分……もないくらい」

重ねられる問いに、段々と真弓の声が覚束無くなっていった。

「ええ大人なんや……酒くらい飲むやろ。秀かて」

眉間《みけん》を寄せている大河を、執り成しを求めて勇太が見る。

「……そうだな」

「ごめん。なんか急に心配になっちゃって」

自分一人が垣間《かいま》見た不安に胸を摑まれて二人に過剰な心配をさせてしまったことをもう悔やんで、真弓は俯いたまま手元の濡れたタオルを畳んだ。

「いや、言ってくれてよかった。飯もちゃんと食ってねえみてえだし、気をつけて見とくから」

今すぐ秀を探しに行きたい気持ちを堪えながら、新しい煙草に大河が手を伸ばす。

濃い紫の煙が漂うのを、すべもなく勇太も真弓も見つめていた。

「あのさ、大河兄」

真夏なのに丈の長いパジャマに包まれた足を、小さく纏めて真弓が両手で抱え込む。

「秀の、お父さんになってあげたら？」

背を丸めて真弓が呟《つぶや》いた言葉に、大河も勇太も、煙に噎せて咳《せ》き込んだ。

「……っ」

「何言い出しよる……っ」

「冗談のつもりじゃないんだけど。勇太、煙草駄目だってば」

二本目を吸いかけていた勇太の手元から煙草を取って、真弓が灰皿の上で揉《も》み消す。

「大河兄も吸い過ぎ。本当に体に悪いんだから」

「おまえがおかしなこと言うから胃まで入ったぞ」

「籍に入れたげたらってことなんだけど、そんなにおかしなこと？　秀は、固執してたじゃない。他人じゃなくなるってことに」

「それは……けどここに来るまでの話や」

「じゃあさっきの話は？」

認めたくない大河と勇太の気持ちもわかって、控えめに、真弓は小声で呟いた。

「舞い上がっちゃってって、言ったときだけ秀、ちっちゃい子どもみたいに笑ってた」

その笑顔を思い出すのは辛くて、真弓が唇を噛み締める。

「秀には、もしかしたらすごく必要なものなんじゃないかな。なんだかわかんないけど……ううん本当はわかりやす過ぎなのかも。秀が足りないと思ってる、何か」

「けどな、真弓」

「わーって、どうしようって、なっちゃうときはあるじゃん。誰だって。そういうときにさ、自分に足りないもの、思い出しちゃうんじゃないのかな。俺……大河兄がいるからどんなことだってできるって前に言ったの、覚えてる?」

首を振ろうとした大河を遮って、去年、勇太を追って岸和田に行こうとした朝の気持ちを、真弓はもう一度兄に教えた。

「それが籍に入れるってことだっていうのか?」

「少なくとも、秀には大きなことのような気がする。勇太のこと養子にしたのだって……」

言葉を躊躇《ためら》って、真弓が先を迷う。

「……やっぱし、あんまり普通のこととはちゃうわな」

気遣って勇太が、真弓の言えなかった先を汲《く》んだ。

「うん……ごめん。それに、お姉ちゃんとも本気で結婚しようとしてたし、俺たちのことも養子にしたいって言ったじゃない。お姉ちゃんがいなくなったとき」

「あの頃とは、あいつかてもうちゃう」

「わかってる。だけど」

何も変わっていないとは真弓ももちろん思いたくはなくて、咎めた勇太の声に頷く。

「ピクニック行ったとき、家族で出掛けた時の話したじゃない？　新米お父さんだから、不安だったみたいなこと秀が言って。大河兄も、おんなじだって言ったのに……なんだか秀はまだ心配そうな顔してた」

胸に残った、心細そうな秀の顔を、真弓は思い返した。

「人と違ってもいいって、秀は心からは思えないんじゃないかな。なんか足りないものがあるから、一番大事なとこで……自信がなくなっちゃうんじゃないのかな」

「秀が、おまえになにか言ったのか？」

やけにはっきりした真弓の言葉を不審に思って、大河が尋ねる。

首を振って、真弓は抱えた足の爪先《つまさき》に視線を落とした。

——僕はあの子を、最初から大人みたいだったあの子をちゃんと……庇護《ひご》も何も知らない子をちゃんと護《まも》ろうって、無理に本当のお父さんから引き離して。

浅草《あさくさ》に勇太を迎えに行こうとした足で勇太の仕事場に寄った帰り、その角で真弓は秀に会った。

——普通の子どもにしようって思ったはずなのに、僕も、本当はよく知らなくて。

憔悴《しょうすい》し切った秀は、泣きながら何度も、真弓に謝って。

——ちゃんとできなかった。ちゃんと教えられなかった。

泣いて、真弓の口元の傷を、痛ましげに秀は見ていた。できなかったと、掠《かす》れた声が口走った。あの数日はきっと秀も眠ることも食べることもできずに、ただ勇太のことを思って疲れ果てていたのだ。

そう思って真弓は、その秀の言葉をしまいこんでいた。勇太には、もちろん告げるつもりもない。

「……だけどな、真弓。そんなの形だけのことだろ。紙切れ一枚のことだって、前に勇太が言ったの忘れたのか?」

何か真弓がそう思い込むことがあったのだろうことは悟って、それでもそんなことで何が解決するとも思えず大河は首を振った。

「だけど、形だけでも」

本心では真弓も、大河と同じように思っている。

「俺たちは持ってて、秀は持ってないものだよ。持ってない秀の心細さは」

けれど秀も同じなのかはいくら考えてもわからなくて、真弓は右手の指で自分の前髪を摑んだ。

「俺たちにはわからないよ。そんなの根本的な解決じゃないって思うのもわかるけど」

やり切れなさに、指先が少し白く血の気をなくす。

「秀がそれが欲しいなら、持たせてあげられるならそうしても……いいんじゃないの？　多分秀は、そしたら少し安心するんだよ」

短絡的だと、大河も勇太も言いたかったけれど、言い切ることはできなかった。

誰の目にも、秀はそのことに拘《こだわ》っている。でもそれはずっと前に終わったことだと、皆思い込んでいたのだけれど。

「それはけど」

力のない声を、勇太は畳に落とした。

「肝心なもの……頼りにするもの、誰にもやれんとしたらの話やないんか」

「もしそうだとしても、やり切れないけど秀のこと責めたくない。秀のせいじゃないよ、絶対」

低い声の下で秀を咎める養い子の言葉に、真弓が強く言葉を重ねる。

「大河兄のせいでもないよ」

明らかに己を責めている兄の顔に気づいて、真弓は顔を上げた。隣を見ると勇太も、大河と変わらない顔をしている。

「……やっぱり、ちょっと寂しいね」

小さな膝の上に、真弓は顔を埋めた。

「でもきっと秀は、もっと寂しいから」

語尾に少しだけ涙の滲んだ真弓の髪に、勇太が触れる。

「あいつ」

その背を抱き寄せるようにしながら、ぼんやりと、勇太は養い親のことを思った。

「ほんまはずっと誰かの子に、なりたかったんやろか」

自分が一番よく知っていると思っていたはずの秀が、近く、遠く揺らぐ。

「そう思ったとしても」

呟きながら、去年の秋に喧嘩したときのことを大河は思い出していた。

「それは確かに、秀のせいじゃないな……」

あのとき弱っていたのは、大河の方だった。大切なものを沢山受け取っていたと、だから一人で待っていられたと、湖畔の部屋で秀は健やかに笑った。

君がくれたから、僕も返せる、と。

あんな風に言った秀がもし本当に何も持たない彼に戻ってしまったのだとしても、真弓の言うとおり秀を責めたくはないと、大河は思った。

——どうしても……僕にはわからないことが、あるみたいだ。

もしそれが本当だったとしても。

——わかんないままで、いたくないのに。

そう、秀が言うのなら大河はまたやり直すだけだ。

わからないと言って身を竦める秀が、酷く辛く、悲しくはあったけれど。

待とうと、大河《たいが》は部屋の襖を少し開けて玄関の音を乞うたけれど、もうとうに深夜と言える時間になっていた。溜息をついて、畳を立つ。勇太《ゆうた》と真弓《まゆみ》は、無理に上にやって寝かせた。けれど二人とも玄関の開く音を聞くまでは眠れないでいるかもしれない。

水を飲もうと台所に向かって大河は、棚に、真弓の言っていた酒瓶を見つけた。これの封が最近まで切られていなかったのは、大河の記憶にもある。手にとってラベルを見ると、無色透明の酒は寒い国のもので、アルコール度数も目を瞠るほど高かった。

「……ったく」

乱暴に栓を取って、衝動的に大河は瓶の中身を流しに捨ててしまった。

そのまま、結局は待ってやれなかった足で、外に向かう。勇太と真弓が取り敢《と》《あ》えず眠ってくれるようにと、わざと大きく、大河は玄関の扉を開け閉めした。

「騒ぐな、バース」

こんな時間に出掛けるのかと、チェーンを張って駆けて来たバースを手で制止する。

低い門扉を開けて往来に出ると、ここのところ寝苦しい夜が続いていたのに、纏わりつく重い湿気のせいか肌が冷めた。

辺りを見回すと捜すまでもなく、駅と反対側の車両進入禁止の柵《さく》に、誰かが腰掛けている影が映る。

疑いもせずその影に大河が歩み寄ると、逃げずに秀《しゅう》は、少し顔を上げて溜息のように笑った。

「ごめん、すぐ帰ろうと思ったんだけど」

けれどその笑みは、すぐに夜気に溶けて消える。

「なんだか足が竦んじゃって」

手元を見ると何処かの自販機ででも買ったのか、缶の水割りを秀は揺らしていた。

「……最近ずっと、飲んでんのか」

立ったまま大河が、缶を睨《にら》んで尋ねる。

「ちょっとだよ。ちょっと飲むと、頭の後ろが痺《しび》れたみたいになって」

真弓の言うとおり少しも酔っているようには思えないしっかりした声で、秀は後ろ頭を指した。

「そうしないと……叫び出しそうになるから」

俯いて、冗談のように秀が笑う。

缶の開いた口を、掌で押さえて大河は取った。

「やめたほうがいい」

強くは言わず、秀の傍らに腰を下ろす。

「叫びたいことがあるなら叫んじまえよ」

足元に缶を置いて、無理に秀の瞳は追わずに大河は言った。

「ううん……叫んじゃ、駄目だ」

従わず、秀は首を横に振る。

「なんでだよ。俺が聞くから」

「駄目だよ」

膝に頬杖をついて、何度も秀は首を振った。

「みんな我慢してる」

「みんなって誰だよ」

漠然とした理由で頑《かたく》なに拒む秀に、大河が問いを重ねる。

「みんなはみんなだよ。君だって」

「俺は何も我慢なんかしてない」

「……本当に？」

言い切った大河の目を、信じ難いというように、秀は見上げた。

「嘘ついて、大河が何に堪えてたって……僕にはわからないよ。何も知らないで我慢させておくだけだ」

「まさかまだ出し巻のことに拘ってんじゃねえだろうな」

「何も我慢してないなんてよく言うよ」

責めるでもなく苦笑して、疲れたように秀が呟く。

「それが、しんどいのか？　誰かが自分の知らねえとこで、我慢してることが」

是とも、否とも言わず、秀はぼんやりと足元の影を眺めていた。頼りない街灯が映す影は、闇に溶けて輪郭がはっきりしない。

「この間勇太が」

当てのないような声で、秀は勇太の名前を口にした。

「勇太の本当のお父さんがしてたお守り、首に下げてた」

告白のように、秀の声が変に張って途切れる。

「いつから持ってたんだろう。勇太が持ってるなんて、知らなかった」

「本当に……勇太の父親のものか？」

問いながら、秀は気づいているような気がすると言って怯えた勇太の声が、大河の耳に返った。

「何度も見たんだ。間違いない」

「おまえに遠慮して、勇太は見せないでおいたんじゃないのか。ずっと」

今は何処までも勇太の嘘に従おうと、大河も知らぬ振りを重ねる。本当のことを告げても、それが秀のためとはとても思えなかった。半分気づきながら事実が明かされることに、明らかに秀自身が怯えている。

「襟首《えりくび》摑まれると丁度そのお守りが顔の前にね、見えて」

叩かれた時のことを思い返して、場違いに秀は笑った。無意識に意識を違う方に向けようとしていると自分で気づいて、息をつく。

「勇太が持ってるとこなんて今まで一度も見たことなかったのに、なんで」

ちゃんと続きを思おうとして、できずに、秀は髪を摑むようにして頭を抱えた。

「……怖いや。考えるの」

膝の上で体を丸めて、秀が唇を噛み締める。

「本当に、駄目だ。僕」

あまりに強く噛むので切れてしまうのではないかと危ぶんで、大河は咄嗟《とっさ》に秀の頰に触れてしまった。

探られるままに弱く、秀が、縋るようにして顔を上げる。

「僕は、君に言われたとおり自分には何も貰えないと思ってたから」

「秀、もうそれは」

「未来の準備が、なんにもなかった。先があるなんて考えたことなくて」

二年前の言葉を繰り返そうとするのを宥めようとした大河の声に重ねて、独り言のように、秀は呟いた。

「勇太が、あんな風に育ってくれるって……思ってなかった。僕はいつまでも、勇太が小さな子どもでいるような気がしてたのかもしれない」

新しい場所へ勇太を連れ出そうとして手を取った遠い日を、覚束無く秀が捜す。

「どうするつもりだったたんだろう？　僕は勇太のこと」

二人になったことがただ嬉しかった子どものようなはしゃいだ気持ちが、今もはっきりと秀の胸に返った。

「……どうしたらいい？」

「秀」

虚ろな秀の目を覚まさせるために、髪を抱いて大河が名前を呼びながらその頬を摩る。

「勇太は、もう心配ないよ」

勇太の秀への思いやりを思えば他に言葉はなくて、耳元に、大河は言い聞かせた。

「もう、大丈夫だから」

わかってやれと、言葉を重ねる。

「うん……勇太は心配ない。大人みたいに、僕よりずっと大人みたいな目で、あの子」

くしゃりと、髪を掻《か》いて秀は同じ言葉を繰り返した。

「勇太をちゃんと子どもらしい子にしたかったたって……だから引き取ったって、言ったの覚えてる？　出会ったときから、大人みたいな目をしてて。勇太」

「覚えてるよ」

「本当はずっと、僕があの子の子どもでいたみたいだ。僕はあの子に、何も」

「秀」

　呟くうちに意味を見失っていく秀の言葉がそれ以上を言う前に、頭を抱え込むようにして、大河が遮る。

「勇太が悲しむ」

　教えられて、秀は息を継ぐのをやめた。

　そのまま身動きもしない背を大河が抱いてやると、やっと、息をするのを思い出したというように深く秀は夜気を吸った。

「ちょっと今……ぐちゃぐちゃなんだ、頭の中。わかってる、大河の言うこと。そうだよ、こんなこと言ったら勇太が悲しむ」

　髪を抱かれるままに肩に寄って、秀がまるで誰かにわからせようとするかのようにまた繰り返す。

「なのになんで僕」

　自分を見つめるように目を伏せて、長い間を、秀はそうしていた。

「さっきも、訳のわかんないこと言ってごめん」

ようやく、少しまともだと信じられる声で、ぽつりと居間でのことを秀が謝罪する。

「それは後で、勇太に謝っとけよ」

「大河、すごく怒ってた」

今の謝罪は大河へだと、苦笑して秀は深く俯いた。

「あれはおまえが……」

舞い上がったと、ぼんやりと訳を明かした秀を思うと、確かに大河は腹の底が煮える。

「本当に嬉しかったのか?」

信じ難くて、大河は問い直した。

「……よく、わかんない。ちょっと心細かったから、なんか。あんなこと言われたことなかったし」

「それが普通だ」

「そうだよね。でも誰かの子どもになったら僕も」

そうしたらなんだというのか、続きを言わずに秀が、うっすらと間違いに気づいて溜息をつく。

「……ごめん」

誰かの子どもなら。もっと近くにいれば、もっと一緒にいれば。そうすれば少しはきっと何かが。

　秀がそんな風に当てもなく頼りを探すのを、最近何度も、大河は聞かされていた。何か自分に足りないと、秀はそれを補うものを闇雲に求めている。今すぐに、どうしてもそれが欲しいと右往左往しては、傍らの者にごめんと言って泣く。

　――人と違ってもいいって、秀は心からは思えないんじゃないかな。なんか足りないものがあるから、一番大事なところで……自信がなくなっちゃうんじゃないのかな。

　何を、してやったと言える訳でもないのに。

　――だけど、形だけでも、俺たちは持ってて、秀は持ってないものだよ。持ってない秀の心細さは俺たちにはわからないよ。

　本心で言えば大河は、そういう秀は、もう癒《い》えたと思っていた。孤独も寂寥《せきりょう》ももう自分からは遠いと、他人事《ひとごと》のように秀が笑ったのは、去年の秋だ。

　けれど真弓の言うとおり、その心細さがどんなものなのか、どんな大きさなのか、知らない者に計ることは難しい。

「真弓が」

　肩を抱く手を解いて、大河は投げ出された秀の右手を取った。真夏なのに、指先が冷えて、血が通っていない。

「おまえのこと、俺の籍に入れてやったらどうかって」

手を見つめてそれを告げると、あからさまな大河の溜息に気づかないはずはないのに、秀はつかれたように顔を上げた。

「籍にって」

「養子にってことだよ」

血を通すように両手で肌を摩ってやりながら、簡潔に大河が教える。

「……嬉しいか？」

他に読みとりようがない期待に、秀の瞳が揺れていた。

「……うん」

間を置くこともできず、秀が頷く。

「嬉しい」

体中で縋るように、秀は大河の肩に額を預けた。

何度も、同じことを繰り返す失望が、大河の胸を覆う。

「全部、大河の言うとおりにしたい」

そうすれば間違いはないと信じるように、秀の頬が緩んだ。

やり切れなさは、どうしようもなく大河を嬲《なぶ》る。けれど萎《な》えてしまわずに、そのまま目を閉じようとした秀の両頬を大河は両の手で包んだ。

「俺はしないよ、秀」

酷な期待を与えたことをすまなく思いながら、はっきりと、目を合わせて大河が首を振る。

「ごめんな。俺は、そんな風にするつもりはない。おまえを、俺の籍に入れたりするつもりもない」

告げられて、なんのことかわからないと、秀の頬が引き攣《つ》れるように笑った。

「なあ、秀」

切なくて、その攣れた頬を指先で大河が撫《な》でる。

「大事なときに、いくらわかんなくなっても……」

何を自分が思うのか大河自身もそれを掻き集める手が焦って、伝えられる自信はなかった。

「自分を全部投げ出すような真似、しないでくれよ」

ただ酷いことをしているような気持ちにもなって、懇願する大河の声が、弱く揺れる。

「な？　自分のこと、いらねえものみてえに扱うなよ」

抱きしめてしまいたかったけれどそうせずに、揺らぐ瞳を必死で大河は追った。

「頼むよ」

強ばる肌が辛くて、冷たい秀の額に、大河は額で触れた。

「あきらめるなよ、もっと……大事なもの」

得られるはずのもの、捨ててしまうなと。

言おうとして大河も、それがなんなのかはわからなかった。投げかけるばかりでなく受け取って欲しいと、前に、大河は秀に言った。何も貰えない人間だと思い込むのをやめろと。

与えられたものが少ない秀を、それでも憐れみなどで触りたくないと、大河はずっと思っていた。どうしたらいいのかわからずにただ傷つけ合って、離れた時間もあった。憐れみたくない。けれどそれは自分のエゴなのかもしれないと、些細《ささい》なものを酷く欲しがる秀を前にわからなくなる。

それを些細と思うことこそ、己の傲慢《ごうまん》そのものかもしれないのだと。

「……秀」

上ずった声が掠れて、大河は秀を放した。

「手、繋ごうか」

弱い心に大きすぎるものを負わせようとしたのかと、迷いが、大河の胸を塞《ふさ》ぐ。

「冷てえな、夏だっつうのに」

しっかりと深く摑んだ手を放さずに、座ったまま、大河は肩を寄せて秀の低い熱を探った。

夜半と言っていた雨がそこまで来ているのか、空気が重い。思考を曇らせるように、星のない空も澱んでいた。

遠くの高架を、夜の車が通る音が微かに届く。

「俺、あきらめねえから」

頰を寄せた秀の柔らかい髪に、大河は唇を埋めた。

「……何を？」

ぼんやりと、首を傾けて秀が問う。

「もっといいもの、おまえにやるから」

決め事を自分に聞かせるように、大河は言った。

「やるから」

ただ声を聞いている秀に、小さく、繰り返す。

まだ訪れない湿りに、触れたような素振りで大河は指を、空に翳《かざ》した。

「雨が降るから、帰ろう。……な」

震えた指が、溺《おぼ》れるもののように強く、大河に縋る。

手を引いて、言葉もないまま、今はただ必死で大河は秀を家に連れ帰った。底が竹になっているサンダルが轍《わだち》を蹴《け》る音が、人気のない夜道に鈍く響く。

夜を濡らす最初の一粒が、音もなく二人の爪先に落ちた。


「大河《たいが》兄、大河兄……っ」

連呼される名前とともに何度も背をゆすられて、夏掛けも被《かぶ》らずに眠っていた大河は重い頭を振った。

「起きてよ」

「……なんだ、こんな朝っぱらから」

末っ子にまだ揺り起こされながら時計に手を伸ばして、自分が起きるはずの時間までまだ十五分もあることを知って大河が眉間《みけん》を寄せる。

「おまえ、補講行かなくていいのか」

ようやく少しはっきりした頭で、真弓《まゆみ》はもう出掛けている時間ではと気づき、不審に思いながら大河は煙草《たばこ》に手を伸ばした。

「あのね、大河兄。さっきね、秀《しゅう》が」

「……どうした」

「朝ご飯の支度終わって、出掛けちゃったの」

「何処《どこ》に」

「京都《きょうと》」

八百屋、ぐらいの距離感で京都と言われて、吸い込んだばかりの煙に大河が噎《む》せる。

「もう行ったのか」

「さっき」

「なんでもっと早く起こさなかった」

慌てて布団《ふとん》から出て、その辺にあるものを適当に大河は身につけた。

「秀が普通だから、騒ぐ訳にもいかなくて。連絡先だって、帰る予定だってちゃんと書いてあるし」

「普通って、普通じゃねえだろ。予定もねえのにいきなり朝京都に行くなんて」

「昨日話してた先生に」

支度を手伝いながら真弓が言うのに、びくりと、大河の手が止まる。

「ちゃんと、会って謝るって。養子にはいけませんって、断って来るって」

「……そうか」

やっと少しほっとして、大河は急いで服を着るのをやめた。

「でも、京都なんて岸和田《きしわだ》のすぐ近くじゃん」

止まった手を急《せ》いて、真弓が不安を口にする。

「寄らないで真っすぐ帰って来てって、いう訳にもいかないし。なんとか止められないかって、駅まで勇太《ゆうた》が無理やり送りに行った。できたらついていくって言ってたけど……京都までの切符買うようなお金無いし。秀に置いてかれたらどうにもなんないよ」

もう半分涙が滲《にじ》んで、兄を頼りにするように真弓はシャツの背を摑《つか》んだ。

「岸和田に寄ったら、勇太のお父さんのことすぐにわかっちゃう」

大河の肩に、額を預けて真弓が声を震わせる。

「このままじゃ秀が辛《つら》いのもわかるけど。やっぱり……秀には知らせたくないよ」

今の秀には、勇太が危惧《きぐ》する通りとても受け止め切れないと、真弓も強く感じていた。

「ごめん。秀が出掛けるって行ったときにすぐに起こせば良かった。俺も勇太も慌てちゃって……あっと言う間に秀が出てっちゃったから、勇太も追っかけるのに精一杯で」

同じ不安が大河から真弓にも伝わって、それが本当にすまなかったというように真弓が首を振る。

不意に、駆けて来る足音とともに玄関が開いて、真弓と大河は廊下に飛び出した。

「……あかんかった。大事な用やからって、駅で置いてかれた」

よほど急いで戻ったのか息を切らして、そのまま背を丸めて勇太が上がり場に座り込む。

「俺、あいつに不義理何度もしたけど」

台所に走って戻った真弓の手から水を貰《もら》って、一息に飲み干して勇太は口元を拭《ぬぐ》った。

「こんな風に不安なまんま、置いてかれたん初めてや。……えらい応える」

汗に濡《ぬ》れたシャツで額の汗を拭いながら、独り言のように勇太が呟《つぶや》く。

「しゃあないな。おんなじこと、秀にしてきた」

ぽつりと言った勇太の背を、かける言葉もなく真弓は屈《かが》んで摩《さす》った。

「勇太」

弱る気持ちを、慰めるように咎《とが》めるように勇太を呼んで、項垂《うなだ》れた髪を大河がくしゃくしゃに撫《な》でる。

「迎えに行くよ、俺が」

当てのない気持ちは押し隠して、大河は二人に告げた。

「今行ったなら、どっかで追いつくだろ。秀の大学なら行けばわかるだろうし、教授の名前もわかるから。……携帯持たせとくんだったな、ったく。あいつ絶対持ちたくねえって言い張って」

勇太の気持ちを引き上げるために早口に余分な話をして、大学に行くことになるかもしれないならスーツを着なければならないかと、大河が部屋に戻る。

「着替える。真弓、夏物のスーツ適当に出してくれ」

ワイシャツを取って靴下を履きながら、簞笥《たんす》を指して大河は真弓に頼んだ。

「暑いで、京都は」

「アロハパンツで新幹線乗る訳にも行かねえだろ。飛行機の方が早えかな、どっちだ?」

「わからん。けど空港は遠いんちゃうか」

「関空からはどれぐらいだ?」

戸口に立って落ち着かなく爪先《つまさき》を動かしている勇太に、用を足すためにではなく大河が声をかけ続ける。

って呼んだ。

それでも黙り込んでしまった勇太を、真弓に渡されたスーツを身につけながら大河は向き合

「……勇太」

「おまえも行くか。ちゃんとみんな秀に話して」

ベルトを留めて、俯《うつむ》いている勇太の目を待って問う。

「親父さんの墓参りだって、したいんじゃねえのか？　本当は」

「いいや」

即答して勇太は首を振ったけれど胸元で何かを握る気配がして、それが秀の言っていた父親のお守りなのだろうと、大河は察した。

「秀に遠慮してんだったら、そんなの却《かえ》って秀は喜ばねえぞ」

「……そういうもんなん？」

重ねられた言葉に、肩を落として力無く勇太が問い返す。

「わからん……こういうとき、ほんまはどうするもんなん？　ほんまは何処で、どうしたら良かったんやろ。どうしたらこれ以上秀を、追い詰めんで済む？」

下りて来る前髪を掻《か》き上げて、勇太は問いながら首を振った。

「普通の親子やったら、いらん気遣いなんやろか。……教えてや、大河」

何も自分にはわからないと、答えを、大河に委《ゆだ》ねる。

──どうしたらええ?

昨日もそんな風に勇太が自分に答えを求めて来た声を、辛く大河は耳に返した。

「おまえが、思うようにしていいんだ。勇太。おまえと秀はちゃんと親子なんだから、おまえだけがあいつの子どもなんだから」

並べる言葉の拙《つたな》さに躊躇《ためら》いながら、それでも必死で大河が勇太に告げる。

「他の誰がどうしてたって、おまえはおまえの思いやりたいように……そうしていいんだ」

言いながら、同じことを秀に伝えたいと大河は思ったけれど、秀がそれに頷《うなず》くことは酷く難しく思えた。

「俺」

迷いを払い切れずに、俯いていた目で勇太が大河を見上げる。

「間違っとるかもしれへんけど、秀には知らせたない。京都で捕まえて、連れて帰ってくれ。大河」

頼むと、そう言って勇太は大河に頭を、下げた。

「おとんのことで秀がおのれを責めよったら、おとんも恨むし、秀のことも詰《なじ》ってまうかもしれへん。おとんのことで秀が苦しむのなんか、俺堪えられへん……冷静でいられる自信ない」

言いながら想像だけで堪え難くなって震えた勇太の背に、そっと、真弓が手を伸ばす。

「あんたに頼みたい」

真弓に背を摩られて、勇太は下げていた面を上げた。

「あんたのこと、信用しとる」

望みをかけられて言葉もなく、大河が勇太に歩み寄る。

まるで大人のようだと秀が嘆いた瞳《ひとみ》はけれど、養い親を案じて小さな子どものように頼るものを探していた。

「おまえは……もう何も心配すんな」

大きな手で、勇太の頭を大河が掴む。

「俺が、必ず秀を受け止めるから。約束する」

弟たちに何度もそうしたように勇太の髪を揺すって、約束を大河は渡した。

「行って来るよ」

二人に言葉を残して、夏物のスーツの上着を腕にかけながら部屋を出る。

容赦のない日差しの下に出て目を細めながら、ネクタイを緩めて大河は駅に走った。


「……暑い」

口に出しても仕方がないと思いながら、老人がゆっくりと冷たい麦茶をいれてくれるのを待つ間に、つい大河《たいが》は何度も呟いてしまっていた。

ここは京都駅から二十分も山側に上った、濃い緑に囲まれた日本家屋だった。秀《しゅう》の母校には思ったより早くたどり着いたが、よく考えればこの時期ほとんどの大学は休みに入っている。辛《かろ》うじて開いていた教務課で、大河は名刺と身分証明書を見せて無理やりこの江見《えみ》教授、秀の恩師の自宅を教えてもらったのだ。大河の焦りとは裏腹に、庭にはよく肥えた青い朝顔が蔓《つる》を捲《ま》き朝の仕事を終えようとしている。もう昼だ。

正直大河は、好色そうな脂ぎった「じじい」と呼ぶのに相応《ふさわ》しい年配の男を、想像していた。しかし秀を養子にしたいと言ったという目の前の老人は、好々爺《こうこうや》と呼ばれるに相応しい、枯れ木のような朗らかな老人だ。ここまで来たついでに怒鳴り込んでやるぐらいの勢いで長い坂を上って来たのに、気勢を殺《そ》がれて「暑い」の他に言葉が出ない。

「あの、本当にお茶は結構ですので秀が……阿蘇芳《あすおう》がいないのなら僕はこれで」

人の良さそうな江見教授に手招きされて上がってしまったものの秀がいないことは一目瞭《りょう》然《ぜん》で、さっきから何度も大河はそう申し出ていたが、にこにこと笑って老人は聞こえない振りをするばかりだ。

「家政婦が夏風邪をひいてましてね……至らなくて申し訳ない、どうぞ召し上がってください。東京は涼しいですか？」

もう汗をかいているグラスに注がれた麦茶をわざわざ茶托《ちゃたく》の上に上げてくれて、江見は大河に尋ねて来た。

「いえ、もっと暑い日もあります」

暑い暑いと呟いているせいだと頭を掻いて、渇いた喉《のど》に負けて大河が麦茶に手を出す。

「京都の暑さは格別だとよく申しますが……私はあまり、暑いも寒いもわからなくてねえ。さっき阿蘇芳君にも東京は涼しいかねと聞いたら」

開け放しの縁側には手入れの行き届いた簾《すだれ》が下がって、庭の見事な緑を濃く淡く映していた。

「よくわからないと言っとりました」

「はは……そういう奴です」

ぼんやりと秀が答える様が想像がついて、麦茶を飲み干した大河の口元から溜息《ためいき》が漏れる。

「おや、もう飲み上げられましたか。若い人という感じがしていいですねえ。阿蘇芳君はなんというか、こう、生きているのか息をしとるんだか。飲むのか飲まないのか食べるのか食べないのかと」

「苛々《いらいら》しますね、本当に」

「そうそう。私みたいな老人でもね、彼の呑気《のんき》さには時々喝をいれたくなるよ」

そんなところが全く想像できない鷹揚《おうよう》さで、老人は笑った。

「あなたは、今阿蘇芳君と同居なさっているという……帯刀《おびなた》さんの、ええと。でも確か結婚は破談になったと聞いていたけど」

「ええ、まあ。その、不肖の姉が問題を起こしまして」

名刺を見ながら少しこんがらかった様子で考え込む江見に、この際全部志麻《しま》に被ってもらおうと大河が一言で纏《まと》める。

「でも元々、阿蘇芳と僕は高校の同級生でして。仕事も一緒にやっておりましたので、そのまま」

「二年も？」

「これから先も……一緒に暮らしていくつもりです」

皮肉のようにでもなく問う江見に、牽制《けんせい》するような子どもじみた真似《まね》はしたくなかったが、本意を明かしておきたくて大河は告げた。

「そうですか。知らないで、失礼なことをしてしまいましたねえ。それで慌ててこちらに」

「いいえ、あの、そういう訳では……」

そう思われても仕方のない状況だと、薄い夏物の座布団の上で、痺《しび》れ始めた足とともに大河が苦悶《くもん》する。

「さっきはっきりと、阿蘇芳君に断られましたよ。そのことは。出遅れました、私は」

銀髪の頭を下げながら江見は、早くにと思ったのかそれを大河に教えた。

「そうですか」

信じてはいたもののやはり安堵《あんど》して、大河が小さく息をつく。

二杯目の麦茶を江見に注がれて、行かなくてはと思いながら秀と関わりを持つ数少ない人を前に大河も尋ねたいことがあるような気がして去り難く、裏山の蟬《せみ》の声を聞いていた。

「この間、軽い心筋梗塞《こうそく》を起こしましてね」

「大丈夫なんですか」

見るからにあまり頑強そうでない老人にいきなりそんなことを言われて、驚いて大河が身を乗り出す。

「いや今はもう大丈夫です。ただ苦しいものでねえ、お迎えの近さを実感しまして」

笑って、心配ないと老人は紬《つむぎ》の袖《そで》から出た細い腕を振った。

「蔵書の整理をして、どうしても手放し難いものが蔵一つ分残りまして。学校に預けることになると思うんですが、こういう言い方をするのはなんだが、最近の学生はあまりあてにならないし」

病気をしたと言いながらやめられないのか、その指が何かの所作のように静かに煙管《きせる》に伸びる。

「熱心に読んでいた阿蘇芳君に、預かってもらえないものかと。しかしとにかく場所を取るし、古いものが多いのできちんとした場所で保管してもらいたい。そうなると費用もかかる。他人に財産を残すのは面倒な手続きが多い。そうだ」

葉を燻《いぶ》しながら江見は、ことの経緯を大河に話した。

「あの子を養子にすれば話は早いと」

聞きながら、顳顬《こめかみ》を押さえてどうしようもなくやはり大河は呆《あき》れてしまう。学者というのはずれている人間が多いと聞くが、まさに常人からは考えられないことを思いつくと困惑する他なかった。

「もう死ぬと思ったもので、思慮もなく慌てて手紙を書きましてね。いやかたじけない」

ちょっとした失敗を笑うような気軽さで、江見が肩を竦《すく》める。

「でも本当のことを言うと」

おとなしく聞いている大河に、ふと、笑うのをやめて江見は煙を吐いた。

「彼が学生の時分にね、身寄りがないと聞いて。子どもにしたいなあと、思ってはいたのですよ。見てのとおり私も独り身なものでね」

「……っ……」

深刻にならない江見の告白にどうしたらいいのかわからず、大河が麦茶に噎せる。

「まあ、彼は優秀な学生で。私の本を読んで、うちのゼミに来たと言ってくれたのが嬉《うれ》しくてね。国語学という……言葉の体系を探るような学問なんですが、あの頃もう、熱心に私の研究しているようなことを継ごうという学生はあまりいなくてね。時々家に寄せると日がな一日その辺に座って、ささやかな議論を交わしたり」

日当たりのいい今は暑そうな縁側の隅を、江見は指した。

「そうかと思えば半日黙り込んで本を読んだり、私の論文を読んだり。猫の蚤《のみ》を取ったりしてね」

言われて目を凝らすと涼しいのか庭の灯籠《とうろう》の中に、随分と太った年寄りの三毛が納まっている。

「そうして暮らすのはいかにも楽しそうだと思ったのですが、どうにも言い出し難くて。本当に養子にすることになれば色々憶測する人もいるし、私はかまわないが彼もまだ若いのに気の毒だしね」

それは、本当にそのとき持ち出さないでくれて良かったと、大河は心の底から息をつかずにはいられなかった。自分と別れたばかりで勇太《ゆうた》と出会ってもいない秀なら、二つ返事で頷いて、一生をその縁側で猫の蚤を取って過ごさないとも限らないのだから。

「妻も子もない老人が阿蘇芳君を養子にしたいと言ったと聞いて、あなたも何か良からぬことを考えたでしょう？」

黙り込んでいる大河に、何処かいたずらめいた笑いを含んだ声で江見は尋ねた。

「いえ……そんなとんでもない」

正直秀がその話を持ち出した瞬間に、「妻子のない国文の教授が養子に欲しいだなどと御稚児さんにしようという腹に決まってる」、と自分のことも棚に上げて叫びそうになったのを思い出して、大河は心の底から江見にすまないと思った。

「彼ちょっと、稚児めいたところがあるからねえ……それで却って私も言い出しにくかったんですよ。何か下心があるみたいで」

「は……はは」

己の立場からすると何を言うのも憚《はばか》られて、ただ居たたまれなく大河が項垂れる。

「そうこうしてるうちに彼の方が何処かから養子を貰って来て。結婚すると言って東京に戻ってしまって、儚《はかな》い老人の夢と消えましたが。まあ死に際の妄言《もうげん》だと思って、許してやってください」

残念そうに、江見が縁側を眺めて目を細める。今そこで青年が、本を読んでいないのが少し寂しいと、そんな風に。

「……私はね、肉親縁が薄くて。人が嫌いな訳ではなかったんですがどうもこう、関わるのが下手でして。一人で過ごして参りました。阿蘇芳君も同じだと、正直思っていましたよ。だから余計に気にかかったんですが」

何処に向かうのかわからない続けられた老人の言葉を、先を急かさずに、大河は待った。

「暑いも寒いもわからないというので、相変わらずなんだねえと言ったのだけれど」

不意に、日が陰って、江見の声がその陰りとともにほんの少し細る。

「そうでもないですと、笑って」

手放したささやかな縁を惜しんで、老人は目を伏せた。

「毎日気持ちが浮いたり沈んだり喜んだり悲しんだりして、早死にしそうだとおかしなことを言っていました」

ほんの少しの未練はすぐに伏せて、大河を見上げる。昼寝に飽きた猫が、灯籠を飛び降りて縁側に上がった。

「来ない人を、おとなしくずっと待っているような目をしていて」

何か寂しさを知るように擦り寄った猫の喉を、枯れた指先が撫でる。

「私は、彼は一生そんな風に寂しく誰かを待って静かに息をしているんだろうと思っていました。けど……そうでなくて、本当に良かった」

嗄《しわが》れた声が心からの安堵を教えるのに、言葉が出ず、ただ大河は深く頭を下げた。

「迎えに来たなら、先を急がなくてはなりませんね。お引き止めして申し訳ない」

「いいえ」

送ろうと江見に促されて、いつの間にか痺れの癒《い》えた足で大河も席を立つ。

「お会いできて、本当に良かったです」

何処かで、秀の人生に関わったのは自分や家のものだけなのではないかと、大河は思っていた。それは少しの自惚《うぬぼ》れとともに、案じていたことで。

「阿蘇芳のこと……これからも気にかけてやってください」

けれど、自分たちの他にも秀に頼るものがあるのを知って、今はただ有り難く思うばかりだった。

「もちろん」

「お体、大切になさってください。あの、それで秀は」

沓脱《くつぬ》ぎに降りて靴べらを貰いながら、問おうかどうしようか迷って大河が口を開く。

「……様子は、どうでしたか」

靴べらを差したまま背を屈めて、大河は江見に尋ねた。

大河が体を起こすまでの間、考え込むような間を江見が土間に落とす。

「疲れているようには見えました」

首を傾けて、江見は教えた。

「慣れない運動をしているようなものなんじゃないんでしょうかね。だいたいが疲れるというようなこともない子でしたから」

けれど江見は案じずに、笑って玄関に降りる。

「いえ、ここで」

「外まで送りましょう。ああ、さっき阿蘇芳君に言い忘れたんですが。今彼が書いている……あの」

玄関の外に付き合いながら、ふと思い出したというように、江見は手を打った。

「砂漠とか、竜とか玉とか。宇宙人とか」

小説のことだと悟って、思わず大河も背を正す。

「あれはどうも、いただけませんねえ……」

苦笑いをしながら江見は、まるで悪気のない顔で大河に手を振った。


慣れない路線図を追って、暑さもピークに達する午後の京都駅を大河《たいが》は離れた。

この町で二年、秀《しゅう》は小説の仕事をしたけれど、実のところ大河は電話でやり取りするだけで一度も京都に原稿を取りに来たことはなかった。最初に書かせた原稿が会議を擦り抜けたまままそれが当たってしまったので、大河も新人社員だったこともあり後はほとんど自転車操業という状態で、会って話し合うこともできなかった。それでも秀の遅筆は今ほどではないが最初からで、遅れが酷《ひど》ければ大河はいつでも取りに行く覚悟だったが、そう告げるといつもぎりぎりのところで原稿は上がって来た。打ち合わせの話も何度か出たのに秀が避けたので、あの頃は秀が自分と会うことを怖がっていたのだろうと、後から大河は思った。

もう一度会ってみようと思ったのは勇太《ゆうた》と暮らして思うところがあったからだと、港のある町で秀は勇太に言った。けれど勇太と二人きりで暮らしてもいいと思うこともあったと、帰りの駅のベンチで、泣き言のように秀は大河に教えた。

仕事のことにかこつけて縁を戻したのは大河だったけれど、二年も、突き放したままでいた。あのままもし秀が京都から戻って来なかったら、自分はどうしていただろうと、最近大河は時折そのことを思う。

見慣れない電車の外の、秀が六年以上も暮らした馴染《なじ》まない町を大河は眺めた。四年近く、秀は一人でここにいた。同じ四年を、離れて自分はどんな風に過ごしたかと思い返す。家には姉や弟たちがいて、大学にもそれなりに友人がいた。長くは続かなかったけれど、恋人がいたこともあった。時折秀の寂しさを思い出しては、何もしてやれないと、胸の奥にしまい込んだ。

「江見《えみ》さんがいてくれて……本当に、良かったな」

本当は一度だけ、大河は京都を訪ねたことがあった。大学の、話を突き合わせれば多分秀が勇太を引き取る直前のころだ。

梅雨で、籠《こも》るような雨の中に長くいたら、不意に秀の孤独が耐え難くなった。この雨の中に一人でいる秀を思いながら、衝動的に新幹線に乗って京都に向かった。けれど着いてみたら京都は晴れていて、大学の近くまで行ったけれど、会わないまま帰った。その話は一度も、秀にはしたことがない。

一緒に暮らすようになってもっと早く秀の手を引くべきだったと何度も後悔したけれど、あの日のこの町が雨に包まれていたらとは、大河は思わなかった。

秀には勇太が、勇太には秀が、必要だった。それはきっと、二人を知るものなら誰もが頷くことだ。自分との関わりだけが秀の全てだと思えるほどに、大河は秀に分けてやれたものをいくつもは思い出せなかった。それは全てこれからのことだと、二年前は確かに信じていたのだけれど。

「早えな」

目的の駅に着いたことを、東京とは微妙にイントネーションの違うアナウンスに教えられて大河は慌てて立ち上がった。惑いながら乗り換え、難波《なんば》へと移動する。思ったよりここまでは時間がかからず、それが逆に秀を捕まえ損ねた不安に繫《つな》がった。大学に寄った時間が距離を離してしまった。そもそも大学で捕まえられると思っていたので、こうなると真っすぐ岸和田に向かうしかない。

「……急行、急行。どれだ」

難波で種類のある電車に迷って、苛々と自販機ではない窓口の列に大河は並んだ。

首に括《くく》りつけてでも携帯を持たせておけば良かったと、いまさらまたそれを悔やむ。家にいる時間が長いし一日と離れていることなどないのだから、必要ないと言った秀に言い負かされた。そう言い返した秀が幸福そうにしたので、それ以上大河も言えなくなった。

小さなことを、いちいち酷く稀《まれ》な幸いのように嚙《か》み締める秀を見ていて、幸福だと大河も思ってしまったのだ。

「あ……」

不意に、大河は甘い出し巻卵は好きじゃないと、それだけずっと言えずにいた理由を思い出した。

思い出すと、あんな風に衝動で怒鳴りつけた自分が信じ難くて、呆然《ぼうぜん》と立ち尽くす。

「……参った。なにやってんだ俺」

「お客さん、後ろ詰まっとるんやけど」

呟くうちに順番が巡って、混雑を指して駅員が大河を急かした。

「あ……岸和田まで、一番早いので」

訳がわからない独り言の客にも駅員はちゃんと切符を売ってくれて、言われたホームに慌てて大河が向かう。

「こんなことなら関空から来て岸和田駅の改札にでも突っ立ってりゃ良かった」

空港に向かう列車に結局乗り込む羽目になったことに気づいて、発車までの時間を長く感じながら大河はシートに沈んだ。

そう大河を待たせずに、列車は難波を離れた。街だと思ったのにすぐに緑が増え始め景色が緩やかに見えて、去年の夏に秀と乗った電車だといまさら思い出す。

勇太と真弓を追って、あのときも気が気ではなかった。けれどもう間に合わないと焦りながら何処かで、今は少し楽観している自分も感じる。

——私は、彼は一生そんな風に寂しく誰かを待って静かに息をしているんだろうと思っていました。けど……そうでなくて、本当に良かった。

秀を思いやる老人の言葉が、大河の耳に返った。

出て行く秀が普通だったから起こせなかったと、真弓《まゆみ》は言っていた。酒を飲んでいたときも普通だったと、案じながらも不思議そうに真弓は言い添えた。

大河も、ここのところ何度も秀と行き違いながらそれは感じていた。虚《うつ》ろで目茶苦茶なようでいて、ふと我に返るように秀はまともなことを言う。大丈夫だからと自分に言い聞かせるような呟きだけれど、それはまるで信頼に値しない声でもなかった。

受け止められないと、勇太も真弓も、己も慌てたけれど、本当のことを知ろうとする秀に覆い隠すような真似をするべきではないのかもしれないと、思いもする。いつかは知れる、動かし難い事実だ。とても、大事なことだ。辛いだろうけれど、今なら自分が側にいて、支えていてやれる。

そう勇太にも約束して家を出て来たと、彼に告げた言葉を大河は思い出した。

けれどやはり、できればと、行ったり来たりと考えるうちに「岸和田」とアナウンスが流れる。どちらにしろ会えなかったら意味がないと、大河はさっきから何度も見ている腕時計の文字盤を見た。多分二時間近く、秀に遅れている。いつもより時計の進みが早く感じられて駅が見えないうちに腰を上げる。

自分が迷ったところでもうこの列車が着く町で結論は出てしまっているのだと、腹を括って大河は隣の座席に放ったスーツの上着を摑んだ。

微妙な時間の経《た》ち方に、下手をするとすれ違うと焦る。出掛けに勇太が走り書いた秀が立ち寄りそうな場所のメモを摑んで、段々と会えるのかどうか大河は不安になった。それでも秀がここに来ていないとは、もう思えない。

辿《たど》り着いた駅を窓ガラス越しに見て、大河は一瞬目を疑った。以前に来た時とは違って、駅はきれいに改装されている。

「岸和田か？　ここ」

窓の外を見て大河は独りごちた。

「去年改装したんやで、あんちゃん」

惑う大河の背を押して、昼間から随分暇そうな男がホームに降りる。

勝手が違ってどうしたらいいのかわからず、呆然とホームに立って大河は取《と》り敢《あ》えず列車が出て行くのを待った。

「……アパートに、行って見るか」

確か去年も近くまで行ったはずなのだが、始点の駅の様子がこう違うとどこから出たらいいのかもわからない。

それでも急いで階段を降りようとして、向かいの上りのホームのベンチに、よく知った青年がぼんやりと腰を下ろしているのが大河の目に映った。いつからそこに座っていたのか微動もせずに、青年は俯いている。

「秀！」

何も考えられずに見つけられたことにただ安堵して、衝動的に大河は秀を呼んだ。

驚いて秀が、伏せていた顔を上げる。二階に設《しつら》えられたホームから階段を駆け降りて、秀のところまで一息に大河は走った。

おとなしく待っていた秀はぼんやりと、大河を幻のように見上げている。

「……どうしたの」

「どうしたのっておまえ」

いつもの調子で聞いてくる秀に拍子抜けして、倒れ込むように大河は隣に座った。

「追っかけて来たんだよ」

多くは語らず、見ればわかることを教える。

後は言葉が続かなくて、傍らで、大河は秀が何かを語るのを待った。無理に今聞かなくてもいいかと、秀の手に握られた難波に戻る切符を見つめる。

長い沈黙が、人気のないホームに流れた。

「お墓参り、させてもらって来た」

切符のある手元を見つめたまま、ぽつりと、秀が口を開く。

煙草を出そうとポケットに入れかけた手を、大河は止めた。

「ほとんど確信してたから……確かめなきゃいけないのかと思うと、ここまで来て足が竦んだよ」

不甲斐《ふがい》なさを教えて、溜息のように秀が苦笑を漏らす。

「でも知らないままだとしてあげられないことあるし。大事な、ことだから」

皆が案じて想像したよりもずっと静かに、秀は言った。

「うろ覚えだったんだけど、歩いてたら勇太がお世話になってたお好み焼き屋さん見つけられて。最近結婚したっていう勇太の幼なじみにも、そのお店で会えた。勇太が仕事決まったこと話したら、喜んでくれたよ」

ホームの端から夏の熱風が吹き込んだけれど、秀は冷めた肌のまま淡々と語る。

「みんな、やさしくて。誰も僕のこと責めないんだ」

「おまえが何も悪くねえからだろ」

手元を見たまま言った秀の肩に、大河は手を置いた。

「……心配して、ここまで来てくれたの？」

「ああ」

ほんの少し頭を寄せて来た秀に、正直に大河が答える。

「勇太が、頼むって。俺に」

そして、勇太の頼みを結局は聞いてやれなかったことをすまなく思いながら、その気持ちを大河は伝えた。

「親父さんのことでおまえが苦しむのは堪えらんねえって、言ってたよ」

気遣いを聞かされて、秀の手元に小さく息が落ちる。

各駅の電車がもうすぐ来ると、案内が流れた。列車の来る方を見ても、まだ到着する気配はない。

「……手紙が来たときに、色々想像したんだ。もしかして勇太を返して欲しいんじゃないのかなって」

電車を待つような目をしながら、秀は大河の肩から肌を浮かせた。

「返すとかなんとかって、勇太はものじゃねえぞ」

「うん……でも、そんなこともあり得ないとは思えなくて。後は、お母さんが帰って来たんじゃないかとか」

叱《しか》った大河に苦笑して、秀が想像の先を続ける。

「お父さんがご病気なのかなとか」

言ってからもう考えても詮無《せんな》いという思いが込み上げてか、秀は長い溜息をついた。

「手紙を読んだ勇太の顔色が変わって。どんどん様子がおかしくなるのに、僕にはなんでもないの一点張りで」

「それはだから」

「間が悪くて。手紙が届いたときに泣いちゃったんだ、僕。いい大人なのに子どもの前で泣くなんて……」

執り成そうとした大河に、わかっていると、秀が首を振る。

「その話は、勇太から聞いたよ。あいつは泣いたとは言わなかったけど。……心配してたぞ、おまえのこと」

重ねて教えられた勇太の思いを、受け取るように一度、秀は頷いた。

遠くから警笛が響いて、ベンチの後ろに、各駅の列車が滑り込むように入って来る。ぱらぱらと数えるまでもないぐらいの少ない人が、このホームに降りて階段を下って行った。

難波に戻るにはこの後に入って来る急行が早いと、重ねてアナウンスに教えられる。

聞いているのかいないのか、秀がベンチを立つ気配はなかった。

「……電話して聞こうかとも思ったんだけど誰にしたらいいのかわからなくて、お世話になった地区の保護司の方とか弁護士さんとか。けど考えるたびに怖くなって、もしそうなら取り返しのつかないことだから」

何処に向かうのか察するのは難しい秀の抑揚のない声を、聞き逃さないように大河が耳を傾ける。

「本当は、お守りを見たときに間違いないって思った」

疑いではなく確信はしていたと、膝《ひざ》の上に両手を組んで秀は告白した。

「こんな風に心配かけるなら、あのとき真っすぐ勇太に聞けば良かった」

「狼狽《うろた》えたんだろ？　そういうもんだよ」

悔やんで秀が背を屈めるのに、組んだ指の上に手を置いて大河が教える。

「ううん、もっと早くにちゃんと聞くべきだった。お酒でごまかそうとしたり、考え過ぎてどうにかなりそうになったりして。真弓ちゃんにも心配かけて、君には……こんなところまで迎えに来させて」

大河の指の熱を乞《こ》うように、秀の手は冷たかった。

「ごめん」

それでも、血の気の失せた顔で、真っすぐに秀が大河を見上げる。

「……大丈夫か」

空いている方の手で、頬《ほお》に、大河は触れた。頷いた秀は、耳にしたことをしっかりと受け止めたように、映る。

気丈に張った背を見咎めるような真似はするまいと、大河は腕を落とした。

「帰るか」

迎えのように丁度、急行の列車が目の前に入って来る。

「うん」

微《かす》かに笑って、秀は自分からベンチを立った。

「新幹線か？　でもこっからなら飛行機の方が」

「僕、飛行機苦手なんだ」

難波行きの列車に乗り込みながら今頃そんなことを言って後ろを振り返った大河に、秀が肩を竦める。

「二年前に京都から東京に行ったときは勇太が飛行機に乗りたがったから乗ったんだけど、生きた心地がしなかった」

座席につきながら、秀は懐かしい話を大河に聞かせた。

「怖いものなんかあんのか、おまえ」

「高いところもおばけの話も苦手。早い乗り物も。あれが最初で最後の飛行機かな。勇太にでもせがまれなかったら乗る気になれないから」

岸和田を離れて行く窓を眺めて、その頃を思い出すように秀が遠い目をする。

「ちっちゃい、勇太の我《わ》が儘《まま》だったんだ。口には出さなかったけど、本当は東京行き、気が進まなさそうだった。当たり前だよね……ずっとこっちで育ったのに」

独り言のように、秀は呟いた。

「僕の都合で、随分勇太を振り回しちゃった」

ぽつりぽつりとつもる秀の後悔に、今言ってやれる言葉は大河にも容易には見つからない。

「……昨日もあんまり寝てねんだろ。新幹線乗ったら寝ちまえ、な」

目を覆い隠すように掌《てのひら》で塞《ふさ》いで、大河は秀を肩に呼んだ。

頷いたけれど張った肩は、眠る気配がない。

難波で新大阪《しんおおさか》に向かう電車に乗り換えて、すぐに、空いているひかりに二人は並んで席を取れた。眠ってしまえば、東京まで一瞬だ。けれど秀が寝入る様子がないので気にかかって、長い時間を、大河も寝ている素振りで起きたまま過ごした。

大阪を出た時はまだ昼間という感じだったのに、東京駅には西日が差し始めていた。ただ距離を動いただけなのに酷く疲れて、タクシーを使おうかと迷いながら大河が在来線への改札を抜ける。

「……？」

後ろに秀が続かないことに気づいて、乗車券を取りながら大河は立ち止まった。見ると改札の向こうで、ぼんやりと秀がただ立っている。

「秀？」

「え……？　ああ」

呼ばれて初めて自分が止まっていたことに気づいたかのように、曖昧《あいまい》な返事をして秀は改札を抜けた。

「神田《かんだ》で蕎麦《そば》でも食ってくか。家には適当に電話しとくから」

取り敢えず神田に出て休んでから浅草《あさくさ》まで地下鉄で行くかと、在来線の案内を指す。食事をして秀がもし落ち着いていれば、帰ってからのことを少し話して行った方がいいと大河は思った。

それでももう大分秀も納得しているようだと安堵しながら短い段差を降りてから、やはり秀が来ないことに気づく。

もう一度大河が振り返ると、改札を出たところから秀は一歩も動いていなかった。

「……どうした、秀」

立ち止まっている秀のところに駆け戻って、大河がその肩に触れる。

「帰れない」

遠くを見たまま、不意に、秀は口を開いた。

「勇太の顔、まともに見られない」

「……秀」

白い秀の頬が引き攣《つ》れるのに、息を飲んで大河はその体を太い柱の陰に引き入れた。

「秀」

硬い秀の瞳に焦りを覚えて、寧《むし》ろ己を落ち着かせるように大河がもう一度呼びかける。

「勇太はおまえのこと少しも責めてねえよ。これっぽっちもだ。わかるだろ?」

話を聞いているようには見えない心の映らない目に胸を掻かれて、頬に触れて大河は秀の肌を揺すった。

「わかってるよ」

虚ろだった瞳で、ちらと、秀が大河を見上げる。

「勇太の気持ちはわかってる。僕が自分を責めたりするのを心配して、勇太はこのことずっと黙ってたんだよね。僕に悟られないように必死だった」

「わかってるなら」

「でも……普通の十八歳はそんな風にするもの？　お父さんの死に独りで堪えて」

聞き分けのなさを咎めかけた大河に、不意に、秀の声が震えた。

「お父さんの形見、隠すようにして」

震えを探るように髪に触れて、秀の言葉に大河も唇を噛む。

「普通なんて言葉使いたかないが」

大人びて、様々なものを負おうとする勇太の背は、確かに大河にも辛い。

「おまえが出会ったときに、もう勇太は普通の子どもがするように考えることを許されてなかった。だからおまえは勇太をそこから連れ出したんだろう？」

「連れ出して……何をしたんだろ」

言い聞かせる大河の言葉を受け入れず、秀は首を振った。

「僕はお父さんを憎んでるって勇太の言葉、鵜呑《うの》みにしてた」

ラッシュの時間はまだ遠いのにあらゆる列車の発着駅は混んで、急ぎ足の人々は二人を振り返るでもない。

「……憎んではいたんだよ。それは嘘《うそ》じゃない」

「どんなに憎くても、親は親だよ。会いたいことだってあったはずだ。勇太のお父さんだってそうだよ。なのに僕はあの人が、勇太からただ何もかもを奪う人だと思い込んで」

自分が言っていいことなのかどうか迷って小さく告げた大河に、秀は眉を寄せた。

「勇太を、取り上げたんだ。結構あっさり、最後は頷いてくれた。本当言うとお金が必要なんじゃないかって、僕は下世話な心配までしたのに」

髪を掻き毟《むし》って自分を咎める秀をどうすることもできなくて、大河が指を落とす。

「清々するって、俯いて笑って」

その勇太の父親の顔を何度も思い返すように、虚ろに、大河の肩の向こうを秀は見つめた。

「勇太が……嘘をついたときにね、この間川辺で。家出のこと、なんでもないって。……話したよね、大河にも」

語ろうとする喉が乾いて、秀の声が引き攣れる。

「あのときの、勇太をいらないって言ったお父さんと同じ顔で」

言ってから己が驚いたかのように、呆然と、秀は一点を見ていた。

「頼むから見失うな、秀。自分が会いたくなかったたって、はっきり勇太は俺に言ったんだ。確かに親子の情はあっただろうけど、それ以上に勇太は」

必死に言葉を継ぐ大河の目を、不意に秀の透き通るような目が見つめる。

秀が叫び出すように見えて、大河は息を呑んだ。

「僕にはわからなかった」

静かなのに悲鳴にしか聞こえない声を、秀が掠《かす》れさせる。

「確かに、あったんだよね？　だったら無理にでも会わせるべきだった。ううん、それ以前に引き離すべきじゃなかったんだ」

「違う……そうじゃ」

「僕は自分が持たないからわからないんだ……っ」

その悲鳴はずっとそこにあったもので、堪えられずに今零《こぼ》れただけだと、何度も辿られたような澱《よど》みなさが教えた。

——俺たちは持ってて、秀は持ってないものだよ。

呟いた真弓の声が、大河の耳に籠る。

「……何を」

計り知れないと思いながら何処かで、わかってやっているような気持ちでいた己に、大河は気づいた。

「みんなが普通に、持ってるもの」

けれど見たことのない不安が、触れたことのない大きな絶望が、目の前で暗く大きな口を開けている。今にも、秀を飲み込んでしまいそうに深く。

「僕は今も忘れてない。そういうものが僕にはないって、当たり前に与えられるはずだったものが……僕を捨てていなくなったんだって知ったときのこと。それが与えられないなら僕にはもう何もきっと一生、与えられることはないんだって何かを望んだりするのをやめた日のこと」

決して大河にも教えなかった思いが零れる唇を、止めようとしてか秀の指が塞いだ。

「今も、忘れてない」

それでも溢《あふ》れ返った痛みは指の間から漏れて、もう拾えない呟きを追って秀の指が落ちる。

「なのにどうして欲しがったりしたんだろう。勇太から親御さんを、親御さんから勇太を取り上げて」

取り戻せないと、あきらめたように秀は続きを継いだ。

「埋められないもの無理やり埋めようとして、勇太とお父さんをこんな目に遭わせた。僕は自分が寂しかっただけだ。自分だけが一人で生まれて来たような気がして」

息を詰めている大河を、見ることもせずに秀が右手で髪を掻く。

「一人で生まれたなら一人で生きれば良かったんだ……っ」

目を閉じて闇雲に叫んだ秀の頬が、大きく、音を立てた。

我関せずの通行人も、さすがに一瞬足を止めて二人を振り返る。

間を置いて酷く血が巡るように手が熱くなって、衝動で秀を叩《たた》いてしまったのだと大河は知った。

「すまん……叩くつもりじゃ」

叩かれたまま赤い頬を晒《さら》している秀に、触り難く大河が指を握り締める。

「悪かった、加減もしないで。……悪かった」

立ち尽くしている秀の肩を、半ば胸に抱くように大河は引き寄せた。

「……いいんだ。僕が馬鹿なことを……子どもみたいなこと。ごめん……」

肩に頬を埋めて、独り言のように秀が呟く。

「おまえは悪くねえよ」

人目を気にする余裕はなくて、ただ子どもを抱き抱えるように両手で大河は秀を包んだ。

「おまえは……何も悪くない。誰も」

確かに、真弓もそう言っていた。

早くに勇太と父親のことで心を交わしていた真弓にはよくわかっていたことなのだろうと、いまさら、大河にもそれが知れる。

誰も、最初から心を隔てたい訳ではない。今秀と自分の間にある隔たりも、きっと誰が悪い訳でもない。

——当たり前に与えられるはずだったものが……僕を捨てていなくなったんだって知ったときのこと。

秀にそれを与えなかった者のことを大河は思ったけれど、憎むまいと、目を伏せた。それは秀を、この覚束《おぼつかな》無い地上へ残してくれた者なのだから。

「誰も、悪くない。秀」

耳元に言って、もう一度強く大河は秀を抱いた。

車内の冷房に冷えたままの秀の肩に気づいて、スーツの上着をかけてやる。

「遠くに行こうか」

そのまま肩を深く抱いて、当てもなく大河は足を踏み出した。

「疲れただろ、少し。静かなとこ行こう、二人で。な」

数歩歩くと、別の新幹線の窓口に聞き覚えのある行き先の掲示が点滅している。

「……帰りたくねえなら、帰らなくていいさ」

もう答えない秀の赤い頬に指先で触れて、ただ深く、大河は秀を抱いた。

今日は帰れそうにないと用件を伝えた電話の向こうで真弓《まゆみ》が袖《そで》を引くのを感じながら、大河《たいが》は受話器を置いた。何処《どこ》にいるのかは告げなかった。京都に行くと言ったのに、まるで反対の北の町にいるなどと言ったらただ心配をかけるだけだ。

東京駅で目についた北へ向かう新幹線に乗って、終点の二つ手前で降りた。列車は夜に向かって走るようで、町に降りたら八時を回っていた。

電話を切ると、あまりきれいとは言えない和室が急に静けさの中に落とされた。

風呂を貰《もら》っている間に延《の》べられた布団《ふとん》の向こうの、二階の窓の外の川をぼんやりと大河が眺める。檜木内川《ひのきないがわ》、というのだとさっき宿の女将《おかみ》に聞いた。幅の広いその川の美しさは朝になればよくわかるだろうと、少し聞き取りにくい、けれど親しみのある言葉で教えてくれた。

「……？」

何か見慣れないものがその夜目にも充分にきれいな川面にちらついた気がして、窓から身を乗り出す。

「……どうしたの？」

後から風呂を上がって来た秀《しゅう》が音もなく襖《ふすま》を開けて、窓に乗り上がっている大河に惑って尋ねた。

「随分ゆっくり入ってたな、沈んでんのかと思ったぞ。ちっと、電気消してみろよ」

身を乗り出したまま指で、大河は明かりを指した。

「星がすごくて、ぼんやりしちゃって」

言われるまま電気を消して、秀も浴衣《ゆかた》の前を小さくはためかせながら窓辺に寄る。

「あ……」

「な」

同じように窓の桟に腰を下ろした秀がそれに見入るのに、大河は自分の手柄のように笑った。

川辺の灯を鏡のように映し返す夜の川面には、無数の蛍が舞うように散っている。

「初めて見た、こんなに沢山」

「こないだ行った板室《いたむろ》の川も、夜までいれば見られただろうけどな」

「きれいだ」

脆《もろ》そうな柵《さく》に手をかけて身を乗り出すと軋《きし》んだけれど、引かずに、秀はいつまでも蛍を見ていた。

何も、大河は言葉を待たなかった。きれいだと言って見入る頬《ほお》を、大切に見ているだけで。

「何処に行っても川があるような気がする」

もういつもと変わらないように聞こえる声で、秀は何か懐かしいものを見るように呟《つぶや》いた。

「そうだな」

「繋《つな》がってるのかな……」

「こんなきれいな川と、隅田《すみだ》が?」

何処に劣るとも思わない隅田だが、こうして澄んだ川を見てしまうとあの澱《よど》みはやはり切ない。けれどあの川も捨てたものではないと、苦笑して大河は少しだけ竜頭《りゅうず》町を思った。

同じように彼の川を思うのか、秀の瞳《ひとみ》も蛍の向こうを見つめている。

「さっき、僕が言ったこと」

躊躇《ためら》いを映さずに、秀はまだ湿った唇を開いた。

「忘れて欲しい」

俯《うつむ》いたまま乞《こ》われて、見えないだろうかと思いながら、それでも大河が首を振る。

「……無理だよ」

咎《とが》めるように振り返った秀に、大河は告げた。

「大事なことだ」

「違うんだ……僕は、いつもあんなこと考えてる訳じゃなくて」

早口に秀が、言い訳を急ぐように言葉を詰まらせる。

「わかってるよ」

「本当なんだよ。僕はもう大人だ。親のことなんて、いつまでも拘《こだわ》ってられない。昨日、君が僕にくれるって言ったものだって……」

誰に無理にそれを信じさせようというのか、らしくない声の先走りは縺《もつ》れを呼んだ。

「本当はもうとっくに貰ってる。そう前にも言ったのにね。あれも嘘《うそ》じゃないんだよ」

空回りするような言葉に自分で疲れて、秀が背を撓《たわ》ませる。

「もう、信じてもらえないね」

「……そんなことねえよ」

溜息《ためいき》のように言った秀に、大河はもう一度首を振った。

「おまえは何も嘘なんかついてない」

渡されたものはちゃんと受け取っていたと秀がはっきりと言った、秀も思い出しているのだろう秋のことを、大河も思う。告げた通り、あれが嘘だったとは大河は思わなかった。何か秀が、気持ちを隠していたとも思わない。

ただ、埋め切れないと秀が叫んだ、深い暗がりがあった。昔から大河は、そこにその淵《ふち》があることを本当は知っていた。多分その深い淵は容易にはなくならない。それはずっと癒《い》えずに、あり続けるものなのかもしれない。目を離せば秀は、足を取られて飲まれてしまう。けれど頼りきりにされれば自分が、何かの弾みで秀を突き落とすこともあるかもしれないと。

疲れ果てて、六年前に一度、大河は秀の手を放したのだ。

「誰も……僕に大事な話ができないのなんか当たり前だよ。迷うと僕はこうやって」

うっすらとその淵が瞳に映るかのように、秀は爪先《つまさき》を見つめていた。

「誰かに何か良くないことが起きるのが、自分に足りないものがあるせいだと思い込んで目茶苦茶になる。だからそれがわかってるから」

ぼんやりと暗い闇が、大河の目にも映る。

「勇太《ゆうた》も君も、お父さんのこと言えなかったんだよね」

はっきりと、そのことを秀が自覚していることに大河は驚かされた。

「いつまでもこんな人間のままじゃ駄目だ……」

身を縮めるように頭を抱える秀を見ていても、わかっていて何故と、どうしても思ってしまう。

けれど思えばここのところずっと、秀はそうして、行ったり戻ったりを目に見えて繰り返していた。しっかりした声で、大丈夫と言ったり。不意に震えるようになって、無理にそれを抑え込んだりと。

「同じところをただ巡ってるだけだ。僕はちゃんとわからなきゃ。勇太が何を思ってるか。僕が勇太のためにできたこと、できなかったこと。勇太がそれをどう思ってるか、叫んだりしないで独りでわからなきゃ。いつまでもそんな子どもみたいに、自分に何か足りないとか何もできないとか思い込んで」

段々と濃く映える淵を見つめて、きっと、何度も自分で繰り返したのだろう呟きを、また秀が繰り返す。

「誰かにそれを負わせるような真似《まね》を繰り返してちゃ駄目だ」

「秀」

独り言のように言った秀の膝《ひざ》に、掌《てのひら》で大河は触れた。

「秀」

もう一度呼んだ大河に、つかれたように秀が少しだけ顔を上げる。

「本当なんだ、大河。君が、僕にくれるって言ったもの」

「ちゃんと、こっち見て喋《しゃべ》れ。な?」

「本当はわかってるんだ。どんなものなのか。もう充分に貰ってる……なのに」

「わかってるよ、わかってるから」

無理に足元から瞳を呼ぼうとして、屈《かが》む秀の肩を大河は起こさせた。

出会った瞳を初めて知ったように、秀が肌を震わせる。今自分が一人でいたと気づいて、秀は唇を噛《か》み締めた。

同じ輪の中を巡って、竦《すく》んだまま秀は出られないでいる。

「君から、あんなにも沢山のもの、貰って」

何も与えられないままの秀に戻った訳でも、わからないままでいる訳でもないのだと、大河は知った。繰り返される言葉に偽りはない。充分にわかっているから、だから秀は立ち竦んでいるのだ。

誰に持たされたのかもわからない暗がりがまだ自分を呼ぶのを、光にすまながって。

「なのに……できないよ大河」

硝子《ガラス》が砕けるように涙が、秀の頬を伝い落ちた。

「どうして……大好きなのに、勇太も……大河も、みんなを苦しめて」

絶えない水に迷ってか、蛍が部屋に入り込む。視界の端に小さな火が、頼りなく灯《とも》って揺れた。

「幸せにできない。僕には難しい。難しいよ……」

また繰り返していると、伏せられた秀の喉《のど》から絞り出される掠《かす》れ声が呟く。

助けてと乞うように縋《すが》る指を、救い出すすべもわからないのに大河は取った。

「みんな充分、幸せだ」

淵に飲まれようとする涙を闇雲に抱いて、腕の中に大河が引き留める。

「前に……おまえが俺に言ったんだ。忘れたのか?」

けれどいくら涙を抱いても、慰める言葉など一つも大河の喉元には呼ばれなかった。

「いいさ、忘れても。俺は覚えてる」

ろくに言ってやれることも、見つかりはしない。

「何度やり直しても……俺はかまわねえよ」

誰もが持たされたものを持たずに空いた手で自分を抱いていた秀の寒さを、わかると言える
はずもなかった。

「だけど、秀。何も」

それでも、何か渡せるものはないかと探して、必死に大河の唇が言葉を掻き集める。

「おまえは、できなくなんかねえよ。ちゃんと」

拙《つたな》い言葉は己の耳にも頼りなく響いて、首を振って、大河は秀の髪を撫《な》でた。

「もっとなんかしてやれたはずだとか、何かが足りないんじゃないかって、おまえが辛《つら》いのは」

零《こぼ》れるものに濡《ぬ》れている髪を何度も撫でて、薄闇に、瞳を覗《のぞ》く。

「普通の……ことなんだ。おまえに親がいないこととは何も関係がないんだ秀。してやりたい足りていて欲しいって思うのはただ、おまえが、ただ普通に勇太を」

乾かない頬は、甲で拭《ぬぐ》っても足りずに。

「俺を、愛してるからなんだよ」

教えても、言葉が届いたかどうか目を見てもわからない。

「だけど今も……僕は君たちを苦しめてる」

「苦しいよ。だからそれは」

偽らず、胸を摑《つか》む痛みを大河は明かした。

「俺が、おまえを」

隠すことは難しい。

「おまえと同じように、愛してるからで」

秀の痛みが、目の前に晒《さら》されるのを見ないではいられないように。

何か言葉に惑うように、秀は大河を見つめた。

「……同じに？」

心細い声が、信じ切れずに問い返す。

「ああ」

はっきりと、瞳を返して大河は頷いて見せた。

「本当に……？」

けれどもう一度、秀はそれを大河に尋ねる。

「本当に？　僕にもちゃんと……」

答えを求めるでもなく。

「……愛するってこと……？」

「本当だ。ちゃんと、できてるよ」

飲み込めず呟きを繰り返す秀がいたたまれずに、夜から隠すように大河は抱いた。震えるような問いが辛くて、誰にもその声を聞かせたくなかった。

「……どうして、泣いてるの。大河」

「泣くか、バカ」

問われて、答えた大河の声が掠れる。

川面を見ると、覚束無《おぼつかな》い灯が映った水がぼやけて、止まっているかのようにきれいだった。

「おまえがいつまでも一つのことで苦しみ続けるのを」

どうしても流れて行かないものがある。

「俺は……どうしてやることもできねえのかな」

癒えないものが、動かない楔《くさび》がある。なんの罰でもないのに。

惑うような秀の指が、大河の瞼《まぶた》に触れた。

その指の持つ迷いが切なくて、指に、大河は頰を寄せて口づけた。濡れた手首に唇を寄せて、腕の内側に肌を合わせる。

「秀」

何処に触れても凍えているような気がして、肩に、顎《あご》に、大河は唇で触れた。

「おまえがそれが嬉《うれ》しいって言うなら」

額も、顳顬《こめかみ》も、けれど大河が触れたところから微《かす》かに温《ぬく》もる。

「いいよ。おまえを俺の子どもにするよ」

言いながら、確かなものを秀に渡すことを自分があきらめてしまったのだろうかと、大河は目を伏せた。

「大河……？」

惑って、秀は大河の肩に縋っている。

こんなことでは足りない。何もあきらめていない。なのに何もしてやれないと、繰り返し思って。

自分も同じところを巡っていると大河は教えたかったけれど、言葉にはならなかった。

ずっと、その秀の傍らにあるものを、心の中にある深淵を。埋められないかと、大河は足掻《あが》いていた。埋められないと手を放し、今度こそ埋められると、また手を取って。

けれどそれは秀なのかもしれないと、腕の中に肌を抱きとめながらふと、大河は思った。

秀を苦しめて、悲しませ、孤独を強いて。秀が恥じて、すまないと泣いて、それでも塞《ふさ》がらないそれを大河も潰《つい》えようと思い続けていたのだけれど。

与えられた闇は深く刻まれて、容易には溶けてなくならない。ならそれを秀の唇のように、瞳のように白い指のように、愛することは許されないだろうか。

髪に触れて、背を抱いて。

長い、キスをした。

口づけだと忘れるほど唇を合わせて、薄い肌を吸って。腕がただ秀を抱こうとするのを、大河は阻まなかった。いくら抱きしめても、きりない。

「大河……」

夜に投げられた声が自分を乞うように聞こえて、もう一度大河は秀に口づけた。頬に、首筋に、冷たそうな鎖骨に口づける。

広い川の緩やかな流れが、ふと耳についた。夜を冷ます風が水面から訪れて、堤の枝を揺らして聞かせる。

「……っ……」

透き間なく抱いて、冷めた肌を見つけては撫で摩《さす》ると、時折声を震わせて秀は泣いた。

「……秀」

涙を食《は》んで、そのたびに大河はただ肌を包んで震えが止むのを待った。

唇に移る滴が酷《ひど》く熱くて、どんな風に秀が人と触れ交じり合うことを恐れていたのかが知れる。きっと、何故というのではなく。知らないことは、誰もただ怖い。

「秀」

何度も名前を呼びかけながら何処でやめてもいいと大河は思ったけれど、これが秀にはきっと最初の抱擁《ほうよう》だと、そう思った。

一番初めの、誰にもあったはずの抱擁を、秀は思い出せないというのだから。

「……泣いていい、秀」

肩にしがみつこうとする強ばりを解いて、何も隔てずに肌と肌を合わせる。

「誰だって泣くんだ」

熱が溶け合って同じ体温を分け合うと、皮膚さえも薄れるような思いがした。

「誰だって怖いよ」

支えを探す白い指を取って、大河が己の口元にあてがう。

「……本当に……?」

縮こまるその指を、微かに秀は伸ばした。

「おまえだけじゃねえから」

開いた掌の中に、大河が口づけを繰り返す。手首から肘《ひじ》を伝って、肉の薄い肩を唇で撫でた。

「俺だって……」

肌を浮かせて、乱れた秀の髪を大河が撫でる。

「おまえに触れてることが」

額に口づけて、頬に、大河は頬を寄せた。

「怖い?」

熱を知って、秀が問う。

「ああ」

臆さずに、その怖さを大河は教えた。

「……どうして?」

目を伏せて、怖さを分け合うように秀が大河の頬に触れる。

「わからない」

苦笑して、鼻先を大河が擦り寄せる。

「みんな、そうなんだよ」

きっと秀が安堵《あんど》する言葉を、大河は口にした。

けれど確かに、深く触れて抱き合うことは、どうしようもない怖さを呼ぶ。

最後に言葉を交わした日にこうして一瞬だけ肌を触れ合わせたことを、覚えのある同じ怖さとともに大河は思い出した。自分が何をしようとしたのか、長いこと大河はわからなかった。

どうしたらいいと先のことを聞いて全てを委《ゆだ》ねて投げ出してくる秀の瞳に焦《じ》れて、憤りに煽《あお》られたまま薄い皮膚を引き裂いてしまいたかったのではないかと、大河は何処かで己を疑っていた。

そうではないのだと、肌の内側を探っていまさら知る。

「……ん……っ」

透き間なく肌を合わせると泣いているような秀の声が闇に漏れて、大河は逸《はや》りに背を押されそうになった。

逸らずに、大河は秀に、唇で触れた。

できなかったけれどずっと昔からどんな風に恋人を抱きしめたかったのか、今になって知った気がした。怖いのは当たり前だ。何を奪うかわからない、何も分けられずにただ傷つけるかもしれない。

それでも臆病だった腕で深く肌を抱いて、高ぶりに秀が咽《むせ》んでも大河はその熱を放さなかった。

川を弾《はじ》く朝の透けるような光に、目を射られて大河《たいが》は目を覚ました。重い疲れに、すぐに目が開かない。

伸び過ぎた前髪を掻き上げて、傍らを、大河は見つめた。

いつから目覚めていたのか秀《しゅう》が、布団から出ないまま膝を抱えるように隣に座っている。薄い白い背が、窓越しの光を浴びていた。

もう深い後悔に襲われて、言葉もなくその肩を大河が追う。滑らかな肌に、赤い痕《あと》が残っていた。付け入るようなことをしたという思いが、どうしても拭えない。

大河が起きていることに気づかないのか、秀は体を抱え込むように背を丸めて、首筋に指で触れていた。何か違うものに触れるように、繊細に、指が肌を探る。

やがてその指が肩に、腕に下りた。また同じ場所を巡って、唇に戻る。

「……秀」

口づけた跡を指が辿《たど》っていると、大河は気づいた。

「起きたの」

縁の赤い目で、大河を振り返って秀が笑う。

「ああ」

謝ろうとして、横たわったまま大河は秀の腕に指を伸ばした。けれど秀の指はいつまでも、大河が口づけた跡に触れている。

「僕はさっき起きた。大河体温高いんだもん」

「悪かったな暑苦しくて」

言いかけた言葉を殺《そ》がれて、憎まれ口に大河も軽口で応えた。それでもどうしようもない気まずさが残って、言葉が途切れる。

「……しんどくないか」

謝る代わりに、大河は聞いた。

首を振って、声を聞かせずに秀がまた窓の方を向いてしまう。

「大河」

ずっと首筋に置かれていた指が、不意に、大河の指に触れた。

「僕は僕が」

俯いた秀の唇が、微かに戦慄《わなな》く。

「いらなくない」

もう一度振り向いて、途切れた続きを、秀は大河に告げた。

何を教えられたのかすぐにはわからず、手を取られたまま大河が秀を見上げる。

「君が大切にしてくれた僕が」

溜息のようにゆっくりと、今感じていることを伝える言葉を、秀の唇が探していた。

「僕にも……すごく、大事だよ」

強く握り締めずに指を引き留めて、確かに、秀が笑んで見せる。

空いている方の手で大河は、胸に、秀を呼んだ。薄い体を、腕の中に強く抱きしめる。おかしな寝癖のついた髪を梳《す》いて笑おうとしたけれどできずに、大河はその髪に口づけた。

「そうか」

凝るような思いが溶けて、喉が塞がれるように熱くなる。

「いらなくないか」

呟きながら無様に泣いてしまいそうになって、無理に、大河はそれを声に変えた。

「……うん」

頷いた秀の声も掠れて、よくは聞こえない。何度も髪を撫でて胸の下にその身を抱きなおして、触れるだけのキスを、大河は秀に渡した。

「……っ……」

掠れた声が耳につくと、もう一度深く、抱きしめてしまいそうになる。

「大河……」

口づけを深めようとした大河の肩を、秀が咎めた。

「恥ずかしいよ」

シーツに顔を伏せて、少し怒ったように秀は眉《まゆ》を寄せている。

「……なんだよいまさら」

苦笑して、無防備な額に音を立てて大河は口づけた。

「だって朝だもん。よしてよ」

「イテッ」

いきなり顎を押されて、小気味のいい音で鳴った首を大河が押さえる。

「ほら、みんな学校に行く時間みたいだよ」

さっさと浴衣を纏《まと》って、蹲《うずくま》っている大河にかまわず秀は障子を大きく開けた。

「嘘だろ。もうそんな時間かよ」

驚いて時計を見ると、もう七時半を回っている。窓の桟に頬杖《ほおづえ》をついて外を見ている秀の隣に、首を摩《さす》りながら渋々と大河は起きた。

「ああ……ほんとだ」

「何が？　……ちょっと、なんか着てよ」

栈に肘をついて大河が覚えず呟くのに問い返しながら、下着しか穿《は》いていない姿を見て秀が顔を顰《しか》める。

「朝になったら川がきれいだって、昨日女将さんが言ってただろ。夜も充分きれいだったけど、嘘みてえにきれいな川だな」

川の両端に緑の堤を蓄えて悠々と流れる銀色の水を、煙草《たばこ》を取りながら大河は讃《たた》えた。

「そんなこと言ってたっけ」

「覚えてねえのかよ」

「……正直に言うけど、僕ここが何処なのかも……」

ばつ悪げに、秀が昨日の記憶の覚束無さを告白する。

「角館《かくのだて》だよ。秋田《あきた》」

さすがに呆《あき》れて、煙草を嚙みながら大河は教えた。

「え、そんな遠くまで来たの？　電車一本しか乗らなかったのに」

「東京から秋田新幹線で一本なんだよ」

窓を開けて、きれいな空気を濁すのを勿体《もったい》なく思いながら大河が煙を吐く。

「なんでおまえここ来たかったの？　確かにいいとこみてえだけど」

「？　……切符買ったの君だよね」

問いかけられて秀は、さすがにそれぐらいのことは覚えていると困惑した。

「ゴールデンウィークの頃、おまえ『角館』に行きたいって暴れて。喧嘩《けんか》になっただろ。昨日東北新幹線の窓口で到着駅の中にここが入ってたからよ、おまえ行きたがってたと思って切符買ったんだよ」

なのにここが何処かわからないとは何事かと、大河が片眉を上げる。

「……そもそもなんで喧嘩になったか忘れたの？」

「目茶苦茶スケジュール混んでんのに、おまえが旅行行きたいとか言い出したからだろ」

「違うよ。お花見行く約束してたのに、君が咲いてる間にまともに家に帰って来てくれなかったからだよ」

「しょうがねえだろ？　遊んでた訳じゃねえんだから」

だいたい誰のせいでまともに帰れないぐらい忙しかったと思っているのかと、言われなくとも秀もそれぐらいはわかっていた。

「だけどすごく楽しみにしてたんだよ。ちゃんとお弁当とか持ってお花見したことなかったから、したかったんだよ。お花見」

「それと旅行とどう繋がんだよ」

「だから、そのときまだ桜が咲いてるとこがここだったの」

言われて大河がよくよく堤を見ると、並木は全て見事に育った染井吉野だ。

「……じゃあ今来てもしょうがなかったな」

「ううん。緑もきれいだよ」

ごまかしでなく言って、澄んだ空気を秀が吸い込む。

がやがやと高い声で騒ぐ集団登校の一団が来て、列にならない列を作りながら窓の下を横切って行った。低学年の子どもたちが、大きなフキの葉を傘のように担いでいる。放射状の緑の線に大粒の朝の梅雨が流れて、真ん中に溜《た》まって光を弾いた。

「フキの傘……？　嘘だろ、日本昔話じゃねんだからよ」

「都会っ子だね、大河は」

「おまえもだろが。……ったく、おまえよー」

いいものを見たような気になって、桜は咲いていないけれどまあいいかと大河が肩を竦める。

「俺ただおまえがぐれてんだと思って、そんなに桜が見てえなんて気がつかなかったよ。そういうことはその場で言え、その場で」

「言いました」

「これはいつもの逃避とは違うってはっきり主張しろ。区別がつかねんだよ」

短くなった煙草を消して、拗《す》ねた秀に大河は歯を剥《む》いた。

「……大河もね。ちゃんと言ってよね、食べられないなら食べられないって」

「……しつけえなおまえも」

まだその話が終わらないのかと気が遠くなって、乱れに乱れた髪を梳きながら大河が外を眺める。

　――だから、君は何か本当に欲しいものがあっても僕には言えないし。

　けれどたかが出し巻と自分が思っていたそのことが、秀が抱えていた不安を大きくさせたことは明らかだ。

「あれはトクベツだ」

　教えるのを躊躇《ためら》って、昨日思い出した言えなかった訳を大河は喉元で迷わせた。

「他にもなんか言えないでいることあるんじゃないの？」

「特別なんだって。……おまえ来たばっかの頃さ」

　あまり思い出したくない最初の一月を指して、大河が頭を掻く。

「俺、おまえに全然やさしくなかっただろ？　さっさと出てけとか言ってよ」

　二年前の秀が来たばかりの頃、姉の志麻《しま》と結婚したと聞かされた衝撃もあって大河は少しも秀にやさしくしてやれなかった。始終京都に帰れと言い、一緒に暮らす気はないと意地を張り続けた。

「うん」

「そんでおまえが、弁当持って会社来て。出し巻口に放り込まれて」

「会社にお弁当？」

「忘れたのかよおまえは……すげえ恥ずかしかったんだぞこっちは！」

「ご、ごめん。だってもうあの時は」

信じ難いと声を荒らげた大河に、慌てて秀が両の掌を見せる。

「なんか毎日必死で」

ごまかす言葉はなくて、正直に教えて秀は苦笑した。

「んで、おいしい？　とかしつこく聞いてくっから。めんどくさくて、甘くて食えたもんじゃなかったんだけどうまいっつって」

「ひどい」

「したらさ、おまえ」

責めた秀にすまなく思いながら笑って、謝罪のように大河が頭を撫でる。

「……そんな言葉一つで、すげえ幸せそうな顔して」

指先で髪を弾いて、その時の秀の顔を、また大河は思い出した。

素っ気ない苛立《いらだ》った言い方だったのに、酷く嬉しそうに秀は、いつまでもその言葉に目を伏せていた。もうしてやれるようなものは何もないと思っていたのに秀がそんなささやかな幸いを大事にするのが、あのときは切ないというよりは腹立たしかった。

本当は好きではないと言おうとするたびにその秀の顔が浮かんで、言い損ねたまま二年が経《た》ってしまったのだ。

「だから言い出せなかったんだよ」

「……僕は忘れてたよ。あの家に来てから」

溢《あふ》れた愛情を不意に預けられて、抱え切れずに、秀が大河の肩に寄りかかる。

「幸せなこと、いっぱいあり過ぎて」

「そっか」

「でも……それで言わなかったのに、いきなりあれはないんじゃないの？」

しかし納得が行かないというように秀に問われて、それを言われると大河もばつ悪く鼻の頭を掻いた。

「悪ぃけど、言い損ねてた理由思い出したのは昨日だ。それに、あんときはあったまきてよ」

他に言いようもなく、ありのままを大河が明かす。

「何も考えずに、どかんとな。だけどおまえだってよ、あんな怒るこたねえだろ」

「だって」

大河の肩にいたまま、子どものように秀は口を尖《とが》らせた。

「すごく頭きて」

同じ言葉を返した秀に、大河が吹き出す。

「なんだ」

一緒に笑いながら、ふと、溜息のように秀は声を漏らした。

「……普通の」

少しの躊躇《ためら》いが、吐息の間に揺れる。

「家族みたいだ」

けれど最後まで言った秀の髪を、掌に、大河は抱いた。

「最初はどんな家族だってきっと、みたいなもんなんだよ」

日が高くなるにつれて、濃くなる空の青さを二人でぼんやりと眺める。

「俺たちもそのみたいなもんの中の」

さっき前を通って行った子どもたちが古い長い橋を渡るのが、その空の麓《ふもと》に映った。

「ひとつなんだろ」

同じ先を追って、秀が大河の声を聞く。

ゆっくりと流れて行く雲が、一瞬だけ朝日を遮《さえぎ》って視界を暗くした。

「……僕、君の子どもにはならない」

フキの傘が橋を渡り切るのに笑んで、不意に秀が呟く。

指を絡めて、ぎこちないキスで、秀は大河に触れた。

「キスができなくなるから」

触れるだけで離れて、冗談のように笑う。

絡んだ指を、いつまでも放せずに大河は握っていた。

「帰るか」

指先で前髪を上げて、問いかける。大丈夫かとは、大河は尋ねなかった。

「……うん」

小さく、秀が頷く。大河の想像と、同じ仕草で。

「早く帰りたい」

息をつくように、秀は言った。

見計らったように、襖の向こうからどうにも聞き取れない言葉がかけられる。床を上げたいと言っているのだとなんとか悟って、慌てて二人は離れた。

昨日のワイシャツを着込んでいる大河から離れたところで、秀は朝から元気な女将に声をかけられて話している。何か悟られると思うのか、酷く恥ずかしそうだ。

シャツの前を留めながら、けれどそれが昨日とは何もかもが違う光景だとは大河は信じなかった。閉じたようで、きっとあの秀を待っている淵が、まだここにある。いつか埋められるかもしれないし、ずっと在るかもしれない。

その傍らに居ることが、自分が選んだ秀と生きるということなのだと、それだけ疑わずに大河は恋人の横顔を見つめた。

元々駆け込みの素泊りだったので朝餉《あさげ》は貰わず、新幹線の中で弁当を買って、真っすぐに二人は家に帰った。

なんとか昼には竜頭町《りゅうずちょう》について、急いだところで家には誰もいないだろうと門扉を潜《くぐ》ると、磨《す》りガラスの玄関が開け放しになっている。

「……丈《じょう》か明信《あきのぶ》がいるのか?」

真弓《まゆみ》と勇太《ゆうた》は学校のはずだと不審がりながら、大河《たいが》と秀《しゅう》は靴を脱いだ。

「帰って来た」

「帰って来た!?」

バースの綱が張る音を聞いて、居間が騒がしくなる。

今まで畳に突っ伏して寝ていたような跡をつけた丈と、明信と真弓、一番後ろから勇太が、廊下に駆け出して来た。

「なんなんだよ一体……泊るって、連絡しただろ?」

明らかに自分たちを責めているような弟たちの目に、狼狽《うろた》えて大河が沓脱《くつぬ》ぎから上がるのを躊躇《ためら》う。

「だってもう秀さん帰んないかもしんないって大河兄が言ったって、まゆたんがっ」

「言ってねえだろそんなこと!?」

半泣きで明信が言うのに驚いて、大河は真弓を叱《しか》った。

「いつ帰るのって言ったらわかんないって言ったもん!!　そんで大河兄電話切っちゃったじゃない」

「……俺も横で聞いとったで」

誰よりも疲れた顔で、勇太は責めるでもなく大河と秀を見ている。

「言ったかそんなこと……悪かったよ。それどころじゃなくて」

取《と》り敢《あ》えず今日は帰れないと言ったつもりだったがと首を傾《かし》げながら、分が悪く大河はみんなに謝った。

「ごめん、心配かけて」

呆然《ぼうぜん》とやり取りを聞いていた秀も、自分の不始末だと深く頭を下げる。

しんとして、沓脱ぎの上から四人が息を飲んで秀の様子を見ていた。

「ちゃんと、断って来たのかよ」

誰も口を切らないのに堪え性のない丈が、眉を寄せて秀に問う。

「え?」

「養子だよ、養子!」

「うん、断った。心配……してくれたの?」

「当たり前だろ!?　ったくよー」

キョトンとしている秀に頭を掻き毟《むし》って、丈は大きな足で床を踏み鳴らした。

「……良かった」

丈と同じ心配をしていた明信が、その足を叩《たた》いて諫《いさ》めながら安堵の息をつく。

「あ、くそバイトの時間に遅れる！　もう当分出掛けんなよっ、秀」

それだけ確認したらもう時間切れだと、畳に転がっていたままの姿で丈は玄関から飛び出して行った。

けれど真弓と勇太の不安はまだ止まず、さりとて真っすぐ尋ねる訳にも行かずに秀を見つめる。

「……京都は」

唇をどうしようもなく戦慄《わなな》かせて、真弓が口を切った。

「どうだった？」

「暑かったよ、すごく。あ、これお土産《みやげ》のきりたんぽ」

大丈夫と、教えるように真弓に笑んで、秀が手にしていた箱を差し出す。

「京都でどうしてきりたんぽなの？　秀さん」

秋田名物としっかり書かれた箱に惑って、明信が眼鏡を掛け直した。

「ま、色々あってな。ちょっと足を延ばしたんだ」

「……こんなに暑いのにきりたんぽ鍋なんか食べらんない!!」

鍋に最適という文字に癇癪《かんしゃく》を起こして、受け取った箱を真弓が明信に押しつける。

「お鍋にしなくてもいいんだよ……」

「もうヤダ」

真顔で言った秀に、唇を嚙んで真弓は鼻を啜《すす》った。

「急に遠くに出掛けちゃったり、帰ってこなかったりさ。帰ってこなかったらどうしよって」

ずっとわかったようなことを言っていたはずの真弓が、赤い目で駄々のような言葉を連ねる。

「あんまり心配させないでよ！　秀のバカっ」

顔を見たらもう大丈夫とわかってか、思いのままに喚《わめ》いて真弓は秀の首に抱きついた。

「……ほんまや」

まだ窺《うかが》うように秀の目を見て、真弓の肩の向こうで勇太が呟く。

「……ごめん。真弓ちゃんには本当に、心配させたね」

うっかり弱っているところも見せてしまったことを心からすまなく思って、真弓の背を、何度も秀は摩った。

「？　真弓ちゃん、なんか甘い匂《にお》いがする」

よく見ると匂いだけでなく髪の先に白い粉のようなものをつけている真弓に気づいて、指先で秀がそれを取る。

「ケーキ焼く練習したの。眠れないから」

「秀さん、お勝手見たら一日いなかったことすごく後悔するよ。反省を促すために僕は何もしないでおいた」

肩を竦めて、明信は見たくないというように振り返らないまま台所を指した。

「僕も遅刻だ」

安心したら昼から花屋を手伝う約束をしていたことを俄《にわか》に思い出して、明信が腕時計を見る。

「一緒に出よう、まゆたん」

「今から学校行くのやだ」

「駄目、一緒に行こう。ほら、お兄ちゃんが橋まで乗っけてってあげるから」

一応制服を着ているものの駄々を捏《こ》ねた真弓を叱って、明信は手を引いた。

「……うん」

渋々と靴を履いて、ちらと、本当なら一緒に学校に向かうべき勇太を、真弓が振り返る。

「先、行くね勇太。急いだら昼休み補習受けられるから」

「あ……ああ」

ほとんど何も言えずにいる勇太をわざと残して、居間から荷物を取ると真弓は明信と一緒に外へ出て行った。

大河と秀と、勇太の三人で玄関に残されて、不意に家が静まり返る。

「心配させて、悪かったな。本当に」

不安を残すような伝言をしたことを勇太には本当にすまなく思って、廊下に上がりながら大河はもう一度謝った。

「ごめんね、勇太」

「ああ……ええんや、帰って来たんならそれで。俺もガッコ、行くわ」

いざ向き合うと核心に触れる話はできなくて、勇太が目を逸《そ》らす。確かめるのが怖いというように、急いで、勇太は沓脱ぎに足を降ろした。

「手ぶらなの？」

「いつものことやん」

傍らに膝をついて尋ねた秀に、背を屈めて靴を履きながら勇太は顔を上げない。

廊下の壁に背を預けて、口を挟《はさ》まずに大河は二人を見ていた。

「勇太」

立ち上がろうとした勇太の背を、秀が呼び止める。強ばって、その背は秀の言葉に怯《おび》えるように張っていた。

「お父さん……新盆だよね」

振り向かない勇太を見上げて、秀もどうしても細る声で問う。

「二人で、お墓参りに行こう。色々、報告したいから」

静かに告げた秀の言葉を、身じろぎもせず、勇太は聞いていた。

「いってらっしゃい」

もう送ろうと、背を押すように秀が言い添える。

けれど行かずに、背を向けたまま勇太は留まっていた。

「黙っといて、すまんかった」

「……勇太の気持ちは、わかってるよ。僕の方こそ」

「けどこれだけ言わしてや。俺……っ」

秀の声を遮って、声を上ずらせながら勇太が振り返る。

目を合わせて、言葉を探して勇太は唇を迷わせた。

「俺、おまえに会わんかったら」

途切れる声が揺れて、勇太の瞳が、幼い子どものように秀を見つめる。

「親死んでも、人並みに泣かれへんかった。きっと」

大きいはずの背が撓んで、いつもよりずっと、勇太は小さく大河と秀の目に映った。

「あのままあいつとおったら、こないな年までおとなしいしとったかどうかわからへんけど……あいつおらんようんなっても、清々した言うて。それで終わりやった」

自分には容易に想像のつくもう一つの今を、勇太が秀に教える。

「おまえは、俺の親や」

互いに確かめるように、ゆっくりと勇太は言った。

「けどあいつも間違いなく親やったって」

答える秀の瞳を知って、先を勇太が継ぐ。

「おまえがおらんかったら、俺言われへんかったよ」

嘘の無い言葉を告げて、長く、勇太は息をついた。

「……勇太」

呼びかけるのが精一杯だったけれど。

「ありがとう」

頬の内側を噛んで、最後まで、秀は声にした。

それ以上勇太も何も言えずに、頷いて、玄関を出て行く。

唇を噛んでいつまでも俯いている秀の髪を、大河はくしゃくしゃにした。

「……泣かないで、言えたな」

「半分泣いてた」

苦笑して、どうしようもなく目の端に滲《にじ》んだ涙を秀が拭う。

「さてと、着替えたら行くぞ。俺も」

秀から指を放して、腕時計を見ながら大河は自分の部屋の襖を開けた。

「もしかして会社行くの？」

「当たり前だろ、社会人なめてんのかおまえは。昨日も休んじまったし、今日は連絡もしてねえからこのまま行くよ」

　二日着たワイシャツを脱ぎ捨て、風呂に入りたいところだったがさすがにそれはあきらめて、新しいシャツを大河が羽織る。

「寝てろ、おまえは。後でこき使うから」

　すまなさそうに戸口から見ている秀に、大河は笑った。

「でも」

「起きててもしょうがねえだろ。夕方まで寝て、夜きりたんぽ鍋作ってくれよ」

「真弓ちゃんが怒るよ」

　もう支度を終えて靴べらを取った大河の横に屈んで、秀も笑う。

「行ってくる」

　髪に触れて、昨日何度も口づけた額に、もう一度大河はキスをした。

「玄関、開いてるのに」

　耳を赤らめた秀に指で指されて、咳《せ》き込みながら大河が立ち上がる。

「……いってらっしゃい」

　幸い人が通らなかった往来に首を竦めながら出た大河の背を、見送って秀は手を振った。

　一人残されて静けさに包まれる玄関に、何をしようかとそのままぼんやりと座り込む。

「お勝手がどうかしたって、明ちゃん言ってたっけ」

一応緩く締めていたネクタイを外しながらお勝手に向かって、その惨状を目の当たりにして秀は目眩《めまい》を覚えて柱に縋った。

「真弓ちゃん……立ち入り禁止だよ」

他のことはなんでも割りと器用に片付ける真弓なのにどうして台所だけがこうなのかと悩みながら、目につくものだけを重ねて流しに積む。

「……後にしようかな。京都から秋田まで行って帰って来たんだもん」

今すぐ片付ける気にはとてもなれなくて、ワイシャツの袖《そで》まで捲《まく》っておきながら秀は居間に戻った。

一日空けただけなのに漫然と散らかった部屋を見ると、ひしゃげたケーキらしきものがラップもかけられずに飯台の真ん中で乾いている。

くすりと笑って、そのケーキの前に秀は座った。一口だけ誰かが食べた跡があってそこからかけらを取って口に運ぶと、何故一口でやめたのかがすぐにわかって噎《む》せる。

けれど強い甘さが口に広がったら不意に力が抜けて、秀は飯台に腕を投げ出した。

ぼんやりと時計が時を刻む音を聞いていると、前の年と同じに丈が設《しつら》えた風鈴がちりんと音を立てる。小屋の外でバースが寝返りを打ったのか、軒先でチェーンが合わせて音を聞かせた。

じっとしていると、普段聞き流している豆腐屋の水音がやけにはっきり耳につく。

飯台の傷を指先でなぞって、秀は頰を寄せた。前からあったものと自分たちが来てからついたものが一緒になって、もう見分けがつかない。

何処から、というのではなく。

ずっと昔から、自分はここへ帰って来たかったようにふと、秀は思った。もしかしたらここを訪れる前から、大河に出会う前から。何処かでこんな風に些細《ささい》な音を聞く夢を、見ていたような気がする。

多分ずっと、帰りたかったのだ。

「……ただいま」

帰れると知らずにいた、この褥《しとね》へ。

あとがき

「子供の言い分」と同じ書き出しで後書きを始めたいとこですが、それはさておき。

あっちゃこっちゃ移動の多い七巻でした。子どもたちと違って一応二人とも経済力のある大人なので、子どもたちの話のときにできない分気軽に移動させたかったりするのですが、京都から秋田に飛んだのはなんというかこう、ちょっとヤケクソのような。どうせ忙しくて二人で旅行なんて当分できないんだから、この際遠くに行かせてやれ！　と、そんな感じで大好きな町に行ってもらいました。

一巻の主人公なのに、「毎日晴天！」なのに、大河と秀の話をちゃんと書くのはすごく久しぶりです。実は秀は……いや実はと言わなくてもおわかりかもしれませんが、登場人物中でもっとも書きにくい人で、「まっ、また今度」と逃げて逃げて今日まで来てしまいました。しかし前巻の続きを書こうと思うと、どうしても秀のことを考えない訳にはいかず……。大河的には棚からぼたもちの七巻になったのではないかと。あんなに苦労させておいてこの言い草はない。

あ、なんかこれで終わりのような終わり方になってしまいましたが、発売中の『小説Ｃｈａｒａ』にこの直後の明信の話を書いたりしていますので、もうちょっと続かせて頂きます。最後の話は別に考えてあるのです、んがしかし。別に引きたくて引いていた訳ではないのですが引きまくっていた大河と秀の初めてのなんたらを、まさか今回書くとは思いませんでした。途中で担当の山田さんと「これは今回いかんことには多分もう一生ないだろう」という話にはなったのですが、二年もぼやっとしていたカップルにそんなことさすのはとてもとても気が遠くなる。

しかし世の中にはエッチしないホモだって沢山いるよな、人はそれをプラトニックラブと呼ぶのよ……と風呂の中で呟いたりして、それもありかーと思っていたのですが。

なんだかあまりにいまさらで、私が恥ずかしい思いをした気がします。頑張れ大河。

それにしても七巻。

毎回遅くなる原稿に、過分にも素敵な挿絵をくださる二宮《にのみや》先生に、本当にただ感謝です。同時に漫画版の二巻も出て、「子供は止まらない」の連載も始まるのに、重ねてご苦労をかけて本当に申し訳ないです。でも口絵に七人と一匹が見事に入っていて、すごく嬉しかった。

さらには毎度担当の山田さんには謝罪のすべもなく、ただひたすらありがとうございますなのです。

そしてここまでお付き合いくださった皆様、いつもありがとう。

次は百花園に萩の咲くころ、また別のお話でお会いできたら幸いです。

新緑のころ、菅野彰

この本を読んでのご意見、ご感想を編集部までお寄せください。

《あて先》〒105－8055　東京都港区芝大門2－2－1　徳間書店　キャラ編集部気付

「僕らがもう大人だとしても」係

■初出一覧

僕らがもう大人だとしても……書き下ろし

Chara

僕らがもう大人だとしても

……【キャラ文庫】

2001年6月30日 初刷
2007年8月30日 6刷

著者 菅野 彰

発行者 市川英子

発行所 株式会社徳間書店
〒105-8055 東京都港区芝大門2-2-1
電話048-451-5960(販売部)
03-5403-4348(編集部)
振替00140-0-44392

印刷 大日本印刷株式会社

製本 株式会社宮本製本所

カバー・口絵 真生印刷株式会社

デザイン 海老原秀幸

ISBN978-4-19-900186-4